Barbara König

Die Personenperson

Roman

Deutscher Taschenbuch Verlag

Von Barbara König
ist im Deutschen Taschenbuch Verlag erschienen:
Schöner Tag, dieser 13. (12675)

Ungekürzte Ausgabe
Januar 2003
Deutscher Taschenbuch Verlag GmbH & Co. KG,
München
www.dtv.de

Umschlagkonzept: Balk & Brumshagen
Umschlaggestaltung: Stephanie Weischer unter Verwendung
einer Fotografie von © Getty Images/Robin Lynne Gibson
Gesetzt aus der Palatino 10/12,25' (3B2)
Gesamtherstellung: Druckerei C. H. Beck, Nördlingen
Gedruckt auf säurefreiem, chlorfrei gebleichtem Papier
Printed in Germany · ISBN 3-423-13036-9

»Jeder Mensch ist eine kleine Gesellschaft.«
Novalis

Das hätten wir uns denken können; daß so etwas gefährlich ist. Es ist ja nicht das erste Mal. Jeder von uns hat jeden von uns schon einmal in Gefahr gebracht, und manche sogar öfter. Dabei gibt es natürlich Unterschiede; Gefahr ist nicht gleich Gefahr; und jetzt, an diesem Nachmittag, an dem wir argwöhnisch Nadine verfolgen, scheint es uns, daß dies die einzig wirkliche von allen ist: die Liebe. Verglichen damit nehmen sich die Laster der anderen wie harmlose Eigenheiten aus, selbst Cyrils Besessenheit, selbst Anatols Todes-Etuden – mit ihnen werden wir fertig, sie können wir bekämpfen, wogegen es in Nadines Fall nicht länger von uns abhängt: Wer liebt, übergibt die Festung.

Wie sie die Straße herunterkommt! Mit einem Südwester, so groß wie ein Wagenrad, mit einem Bündel Rosen im Arm und in dem leichten Schritt, der uns ein Rätsel wäre, wenn nicht die Lösung ihr zur Seite ginge: der Mann, der ihren Fuß beschwingt und den sie erst seit ein paar Stunden kennt – der Mann der Zukunft, wie sie hofft, und wie wir alle fürchten.

Wir sehen ihn nicht an. Vielleicht ist er groß, vielleicht ist er blond; wir wollen es nicht wissen. Denn das ist unsere einzige Chance: daß er im Schatten bleibt.

Es ist kühl und doch schon warm, ein Mischling von einer Jahreszeit; auch dies gefährlich: später Nachwinter, früher Vorfrühling, Ungewißheit, die Hoffnung weckt … Alles scheint mitzuspielen: Pfützen in jeder Gosse, Himmel in jeder Pfütze, eine blau getigerte Straße. Es flimmert in der Luft, und ein Gassenjunge pfeift, taralimpidah, von Liebe. Die Mächte sind gegen uns.

Wie das so ist, sie reden; nicht, um etwas zu sagen, sondern um einer des anderen Stimme zu hören, weil einer von des anderen Stimme nicht genug haben kann; noch nicht. Nadine lacht. Wie außerordentlich hier und jetzt sie ist! Kein Wunder, daß sie uns vergessen hat, fast könnten wir uns selbst vergessen, vor allem jetzt, beim Abschied vor der Haustür: Wir brauchen alle Kraft, um dazubleiben, und gleichzeitig bedauern wir es schon: wir wären alle Nadine, das heißt, wir wären ein Ganzes, das heißt, wir wären nicht. Selbstvergessenheit ist unser bester Zustand.

Nadine gräbt in ihrem Täschchen nach dem Schlüssel; nun lächelt der Begleiter. Die Krempe ihres Hutes macht es ihm unmöglich, sie zu küssen, so legt er nur die Hand an ihre Wange. Doch diese Hand, das sehen wir sofort, ist besser als ein Kuß: ein Nest, ein Kissen; ein Ort zum Bleiben. Der Augenblick dehnt sich aus, feucht, flimmernd, blau getigert.

»Ah«, sagt Nadine.

Unsere Tür ist schwer, sie hat eine Klinke in der Form eines Posthorns, Gewichte hindern sie am Zuschlagen und verlängern den Abschied. Durch den sich zögernd verringernden Zwischenraum erspäht Nadine die Reste dieses Augenblicks: das Gesicht, die Gestalt, die erhobene Hand, die Straße, in der jetzt die Pfützen verlöschen.

Wir haben keine Eile.

Bei uns ist alles wunderschön, kein Mensch hat Grund, aus diesem Haus zu flüchten. Kein Mensch hat auch die Möglichkeit dazu.

Wir sind nämlich alle eins.

Cyril schreibt diese Berichte, teils aus eigenem Antrieb, teils in unserem Auftrag (weil wir nur so die Zustände in unserem Haus überblicken können) und teils, weil ja einer von uns etwas verdienen muß. Er hat es schwer. Der Redakteur, ein Mann namens Stranitzky, der ihm seine Berichte abnimmt und bescheiden genug honoriert, wenn man bedenkt, daß sie, um mit Agathe zu sprechen, unser Herzblut enthalten, dieser Redakteur kann den Plural nicht leiden.

»Wenn ihr mich in Ichform schreiben ließet«, sagt Cyril, »dann ginge alles glatt; kein Ärger, keine Komplikationen ...« Doch dazu lachen wir nur: das haben wir einmal versucht, das machen wir nicht wieder. Damals gab sich Cyril für uns alle aus, und die Reklamationen wollten kein Ende nehmen. Wer immer das Haus verließ, mußte damit rechnen, für Cyril gehalten zu werden; den meisten von uns paßte das gar nicht, schon weil wir überwiegend Frauen sind, doch wir hatten keine Möglichkeit, uns zu wehren, und noch heute gibt es Leute, die überzeugt sind, daß unser Haus allein von Cyril bewohnt wird, eine Vorstellung, die nur Vladimir zum Lachen bringt, die übrigen ärgern sich.

»Zweispurig ginge auch noch«, sagt Cyril, und dies ist ein Kompromiß, den wir wahrhaft schändlich finden: wenn man schon zugibt, daß man nicht ein Einzelner ist, sondern zumindest einen Zweiten bei sich hat, den altbekannten Doppelgänger – warum dann nicht die ganze Wahrheit bekennen? Wo sollen denn alle die anderen hin sein, die wir einmal gewesen sind, vom Kind angefangen, nicht zu reden von den übrigen, die wir so erfolgreich verbergen, bis sie eines Tages an der falschen Stelle auftauchen, uns in Verlegenheit und zum Nachdenken bringen? Sie sind da, und sie zu leugnen wäre unklug und verlogen; es wäre nicht realistisch.

Cyril hat nachgegeben; im Grunde kommt es ihm nur auf die Arbeit an. Wenn man ihn schreiben läßt, dann tut er alles, alles. Allein, daß er diese Erklärung abgibt, zeigt, wie gefügig er ist: er spricht von sich wie von einem Dritten, und er beschönigt nichts. Allerdings kennt er unsere Strenge: Kein Bericht darf unzensiert das Haus verlassen, wir alle müssen ihn vorher gelesen haben. Unser Ziel ist eine relative Objektivität, falls es so etwas gibt, oder doch eine möglichst breite Subjektivität. Wo einer zu gut wegkommt, wird gestrichen; wir sind da sehr empfindlich.

Jetzt, da Nadine uns dieses neue Erlebnis bringt, um das wir nicht gebeten haben, ist Cyril am stärksten betroffen. Er weiß, was das bedeutet: er wird keine Ruhe mehr zum Arbeiten haben; das Haus, das lange Zeit recht still gewesen ist, wird zum Treffpunkt der merkwürdigsten Gestalten werden, Cyril in seinem Bericht wird alle erwähnen müssen. Stranitzky wird stöhnen.

»Wie bitte?« hat er noch heute morgen gefragt und sich dabei an den Kopf gegriffen, »Sie wissen nicht, wie viele Sie eigentlich sind? Zwischen fünf und fünfzehn, sagen Sie? Das kann ja heiter werden.« Und Cyril hat auf den Tatsachen bestanden: daß wir bis heute nicht erfahren haben, wie groß unser Haus eigentlich ist; daß immer wieder neue Personen auftreten, während andere in ihren Zimmern verschwinden, ohne daß sie darum das Haus verließen.

»Endgültig geht hier keiner«, sagte Cyril. »Wir bleiben alle, bis.«

Stranitzky, ein Mann, der im Typus ein wenig an Anatol erinnert, nur daß er die Produktion seines Geistes in sichtbare Ergebnisse umzuwandeln versteht, wollte von alledem nichts wissen. Er schüttelte den Kopf, wobei seine Halswirbel knirschten, was für seine sanfte Gemütsart und für die Tatsache spricht, daß er nur selten verneint.

»Seien Sie mir nicht böse«, sagte er, »aber die Idee ist abstrus: ein Dutzend Personen in einer Person! Das glaubt Ihnen kein Mensch. Das Äußerste, was man sich in dieser Beziehung bisher geleistet hat, war die einfache Spaltung, Sie wissen ja, zwei Seelen wohnen ach ...«

»Also stört Sie nur die Menge?«

Stranitzky ließ seine Wirbel knirschen, er brachte sie zum Schweigen und sagte: »Ich kann mir da keine rechte Meinung bilden. Der Künstler in mir sagt ja, der Geschäftsmann sagt nein, der Kritiker ist ebenfalls dagegen ...«

»Und was sagt der Redakteur?« fragte Cyril.

Der Redakteur schwieg und nickte dann, aber lautlos, was wieder für ihn spricht. Cyril hatte, in der ersten Runde wenigstens, gewonnen.

Nadine in der Diele hat Täschchen und Handschuhe auf die Kommode gelegt, sie nimmt jetzt vorsichtig den Hut ab und legt ihn daneben; dann erst zieht sie den Mantel aus. Einen Arm hat sie schon befreit, sie macht gerade eine Vierteldrehung, um nach dem Kragen zu greifen, als sie Cyril sagen hört: »Ausgerechnet sowas. Das hat uns noch gefehlt.«

Nadine fährt zusammen; einen Moment lang hängt der Mantel an ihrer rechten Schulter, ein Zipfel wischt über den Boden. Dann fängt sie ihn wortlos ein, schlüpft aus dem zweiten Ärmel, wählt einen Kleiderbügel – alles heiter, unbefangen, als ob sie nichts gehört habe. Sie nimmt Tasche und Handschuhe von der Kommode und geht in den Salon.

Die Dombrowskaja sitzt an ihrem Tischchen neben der Fenstertür und legt Patiencen. Bei Nadines Eintritt blickt sie auf und sagt, Herz Neun in der erhobenen Hand: »Also doch. Eine Begegnung.«

Sie läßt die Karte auf den Tisch fallen und beginnt, ihre Zigarettenspitze zu präparieren, zwei Handbreit Ebenholz, zwei Fingerbreit Bernstein.

»Ja«, sagt Nadine, »ja.«

»Du vergißt, daß du nicht allein bist«, sagt die Dombrowskaja.

»Ich *war* allein«, sagt Nadine. Sie verschränkt die Arme, legt den Kopf in den Nacken und sagt »Ich«. Sie dehnt es ein wenig, so daß es wie »iech« klingt, »iech, iech«, und wir wissen, daß es überflüssig wäre, sie zu unterbrechen: nach fünf, sechs Wiederholungen verliert das Wort seinen Sinn, was bleibt, ist ein hilfloses Fauchen, eine Silbe, die hinten offen ist, grotesk und ein wenig peinlich.

»Ich?« fragt sie noch einmal, schon unsicher.

»Na siehst du«, sagt die Dombrowskaja, »es ist noch keinem gelungen, nicht auf die Dauer.«

Das Wort »Verrat« wird bei uns nicht verwendet, der Ich-Versuch ist uns zu gut bekannt. Jeder von uns hat ihn unternommen, zu irgendeinem Zeitpunkt, jedem ist er schon geglückt, sekundenlang, nie länger, und alle haben wir, wie jetzt Nadine, versucht, den Augenblick zu halten. Denn wir wären unwiderstehlich, so glauben wir, jeder von uns, wenn wir allein wären. Cyril vor allem ist überzeugt, daß wir ihn an seinem Ruhme hindern; dabei vergißt er, daß auch er uns hemmt. Keiner von uns kann groß werden, solange es die anderen gibt, und die meisten von uns haben sich damit abgefunden. Wir ziehen einer notwendig einseitigen Größe die Vielfalt vor.

»Was wären wir ohne unsere Zweifel«, sagt die Dombrowskaja, »was ohne unsere Vielstimmigkeit? Bei uns«, sagt sie, »ist jeder ein Gewinn. Wir sind Facetten in einem Fliegenauge; wo einer fehlt, entsteht ein blinder Fleck.«

»Wenn man nicht alles schon gehabt hätte«, sagt sie jetzt zu Nadine. »Aber so: willst du denn immer wieder dasselbe erleben?« Das ist typisch für die Dombrowskaja: sie hat keine Lust mehr auf Neues; es langweilt sie ein wenig. Wenn man die Augen offenhält, so sagt sie, dann hat man nach ein bis zwei Jahrzehnten gemerkt, was möglich ist. Der Rest wird Wiederholung sein. Sie lächelt dabei; sie findet das ganz hübsch.

(Die Dombrowskaja, das sagen wir uns immer öfter, steigert den Wert unseres Hauses. Sie verleiht ihm ein Flair von lässiger Heiterkeit, das uns im Inneren die Tapeten und außen einen kostspieligen Verputz erspart.)

Nun kommt auch noch die Božena. Wir sind jetzt wie ein Touristenhotel zu Anfang der Saison, ein Gast und noch einer. Cyril an seinem Schreibtisch wird immer mürrischer.

»Das hat man davon. Man braucht dich nur hinauszulassen, und schon schleppst du alle Übel an.« Er weist um sich: die Sessel sind besetzt, Vladimir liegt auf dem Teppich, und Penny hat sich unter dem Tisch eingerichtet wie in einer Hundehütte. »Man kann ja kaum noch treten«, sagt er.

»Zähl doch mal«, sagt die Dombrowskaja. Cyril kommt bis acht. »Das geht noch«, sagt sie, »wir sind schon mehr gewesen.« In diesem Moment tritt Agathe ein.

»Natürlich«, sagt die Dombrowskaja.

»Neun«, sagt Cyril.

»Zehn wäre schlimmer.« Wir wissen, daß sie Sandra meint.

»Ausgerechnet jetzt«, sagt Cyril, »wo ich mitten in der Arbeit bin.« Er packt ein Bündel Notizen und schüttelt es erbittert. »Auf diese Art wird nie was fertig.«

»Am besten, man läßt es«, sagt die Dombrowskaja und meint damit nicht Cyril. Nadine hält sich gut. Sie zieht die Schultern hoch und sagt: »Ich weiß nicht, wovon ihr sprecht.«

Sie läßt die Augen wandern, ohne den Kopf zu bewegen, wachsam, »wie ein Zoobesucher, der aus Versehen in ein Freigehege geraten ist«, sagt Vladimir und plant schon eine hübsche kleine Geschichte. »Nur Ruhe«, sagt er, »keine hastige Bewegung! Die Bestien sind unberechenbar.«

»Das Schlimme daran«, sagt Anatol, »ist, daß sie gar nicht anders kann. Es ist ihre einzige Verständigungsmöglichkeit.« Diese Worte rufen Pennys Neugier und somit Penny hervor, das liebe Kind will wissen, um was es geht.

»Hat sie was angestellt? Was hat Nadine angestellt?« Vladimir findet das zum Lachen.

»Nadine«, erklärt ihr die Božena, »ist von einem neuen Bekannten zur Tür gebracht worden, der neue Bekannte hat die Hand an Nadines Wange gelegt, Nadine hat ›ah‹ gesagt ... Das ist alles.«

»Was?« ruft Penny, »das soll schon alles sein? Mehr war nicht?«

»Das Gör geht immer gleich aufs Ganze«, sagt Vladimir, aber keiner lacht. Denn es ist ja gerade jenes »ah«, das uns so bestürzt, wir erkennen den Ton, es war ein Ausruf zur Begrüßung des Wunderbaren, das immer auch das Gefährliche ist. Nadine hat uns ausgesetzt, von jetzt ab ist alles möglich.

Inzwischen versucht sie eine List, um uns den neuen Mann schmackhaft zu machen; sie vergleicht ihn mit den drei Personen, die in unserer Vergangenheit die wichtigsten waren, so wichtig, daß sie uns noch heute die Außenwelt schlechthin bedeuten: Viola, Dombrowskij und Jeremy. Es sind, um mit Agathe zu sprechen, die Männer, die wir liebten.

»Er ist schön wie Viola«, sagt sie, »nur auf eine andere Art.« Aus den Augenwinkeln beobachtet sie, wie Kai zusammenzuckt. »Verspielt wie Jeremy« (das ist auf die Božena gemünzt) »und sicher auch so leidenschaftlich ...« Bei Sandra erreicht sie nichts, die glaubt ihrer eigenen Nase, sonst niemandem. Die Božena dagegen ringt schon wieder die Hände, sie ist am leichtesten zu überzeugen. »Ein Mann wie Dombrowskij«, sagt Nadine, und Penny spitzt die Ohren.

»Ein Mann wie alle anderen«, sagt Cyril.

»Ein Störenfried«, sagt Anatol.

»Ihr habt ja keine Ahnung«, sagt Nadine.

Doch leider ja, wir haben sie, wir sehen die Gefahren: Gesetzt den Fall, wir werden alle »Ich«. Was dann? Wir werden uns dem fremden Mann zum Geschenk machen, zur Belohnung sozusagen, und es wird nicht von uns abhängen, zu bestimmen, ob er dieses Geschenk auch als Belohnung empfindet. Das ist es: wir müssen damit rechnen, daß er uns mit einem höflichen Dank entgegennimmt und unbesehen beiseite legt. Oder aber, was noch schlimmer wäre: daß er uns genau betrachtet, uns auseinandernimmt und wieder in unsere Bestandteile zerlegt und sich am Ende noch beschwert, daß wir nicht, wie ein eiserner Stuhl, aus einem Guß gemacht sind. Überhaupt, fragt Anatol, wozu der Aufwand, ein Ich zu werden, wenn man damit nichts Besseres anzufangen weiß, als es auf der Stelle herzuschenken?

Nadine mimt Gehorsam.

»Ja ja«, sagt sie, »ihr habt ja so recht.« Aber als sie zum Fenster geht, um die Vorhänge zuzuziehen, weil es jetzt endlich dunkel wird, sieht sie zwischen Häusern und Zweigen den Himmel, eine opalene Pfütze, die eine noch ungeweckte Erde spiegelt, und sagt: »So Frühling wird's nie wieder.«

»Frühling«, sagt Cyril, »ist kein Adjektiv«, und damit ist auch diese Gelegenheit verspielt, Nadine zu bekehren, unsere Ängste bleiben ohne Antwort, nichts ist entschieden.

»Wenn ich aus dieser Affäre etwas machen soll, dann muß sie weiterlaufen. Wenn sie aber weiterläuft, kann ich nichts daraus machen, weil ich nicht zum Arbeiten komme.«

»Du kannst dir Notizen machen und sie für später aufheben, wenn wieder Zeit ist«, sagt Nadine, der jedes Mittel recht ist, wenn es nur unseren Widerstand bricht. Doch nun protestieren die anderen. Agathe tritt auf und spricht mit erstickter Stimme von unseren Gefühlen und von dem Markt, auf den Cyril sie zu tragen gedenke, was Cyril empört, da die Idee ja nicht von ihm, sondern von Nadine stammt. Doch noch während er sich verteidigt, wird er schon von Kai unterbrochen, die, ungehemmt und mit düsterer Miene, Cyril vorwirft, daß er eines ihrer letzten Ideale zertrümmert habe, was Vladimir veranlaßt, nach den verbliebenen zu forschen. »Bin ich eines davon?« fragt er kokett und hält wie eine Teepuppe die Hände hoch, worauf Kai sich umdreht und türenschmetternd das Zimmer verläßt; nur Penny ist entzückt.

»Nichts gegen verkaufte Gefühle«, sagt die Dombrowskaja, »wenn einer ohnehin auf Geschäft eingestellt ist, oder auf Konsum. Wenn man aber, wie du, jahraus jahrein das Geldverdienen nicht nur hinausschiebt, sondern geradezu verhindert, und dann hingeht und ausgerechnet die zarteren Erlebnisse zu Gelde machen will, dann«, sagt sie und breitet, Erklärung heischend, ihre Handflächen vor Cyril aus, »erscheint mit das wenig plausibel.«

Cyril ist so gekränkt, daß er nicht einmal antwortet, und wir müssen zugeben, daß die Dombrowskaja ihm unrecht tut: schließlich liegt es nicht an ihm, daß er so wenig arbeitet, sondern an uns.

»Faulheit kann man ihm nicht vorwerfen«, sagt jetzt sogar die Božena. Das ist richtig. In seinen Arbeitsphasen hören wir den ganzen Tag seine Maschine klappern, zehn Stunden hintereinander, er hat dann einen harten Zug im Gesicht, der wohl von der großen Anstrengung kommt, und wir wissen, daß er uns am liebsten alle fortschicken würde, aber gerade das lassen wir nicht zu; wir machen uns bemerkbar. Zunächst begnügen wir uns damit, ihm unsere Existenz ins Gedächtnis zu rufen: wir sind da, wir sind da! Wenn Cyril irritiert die Hände von den Tasten nimmt, gehen wir zu Vorschlägen über: »Wir sollten ein bißchen hinausgehen, es ist eine Schande, bei dem schönen Wetter im Zimmer zu sitzen ...« »Stubenluft macht alt, Anstrengung macht häßlich ...« »Wir sind zum Tee eingeladen ...« »Da ist ganz dringend ein Brief zu schreiben, nein, zwei ...« »Wir müssen schnell mal telefonieren, ein kleines Gespräch zwischen der Arbeit lockert auf ...« Und so weiter. Cyrils Kampf ist heldenhaft, doch aussichtslos, wir sind zu viele.

Wenn er schließlich nachgibt, wankt er ein wenig; er wird den ganzen Tag brauchen, sich zu erholen, das wissen wir, vielleicht die ganze Woche, und vielleicht, so hoffen wir, wird er für die restliche Saison erledigt sein. Manchmal haben wir recht. Wir sehen dann monatelang sein zerquältes Gesicht in den Korridoren, ein Vorwurf, der uns erreicht, doch nicht ändert. Jeder Tag, an dem er nichts gearbeitet hat, macht ihn ein wenig bleicher. Dabei versuchen wir, es ihm so leicht wie möglich zu machen. Mit wahrhaft aristokratischer Noblesse sehen wir über die langsam versiegenden Einkünfte hinweg, dagegen beginnen wir, das einfache Leben zu feiern. Beim Essen ergehen wir uns in Lobpreisungen: Wirklich eine vorzügliche Kartoffelsorte, erklärt Nadine, und Agathe betont, daß Quark die Haut verschönt. Die Dombrowskaja hat weniger Herzklopfen, seit sie weniger Kaffee trinkt, und Anatol geht es genauso mit den Zigaretten. Die Božena spricht umständlich von der Heilkraft ihrer Kräutertees, die endlich auch getrunken werden ... Es ist wie im Märchen, wir sind uns erschreckend einig, und all dies nur, um Cyril in seinem Nichtstun zu bestärken.

Endlich hat er genug; mit einer Handbewegung macht er alle Bemühungen zuschanden: »Geld! Darum geht es doch gar nicht! Es geht darum, daß ich es nicht loswerde!«

Respektvolles Schweigen. Wir kennen diese Eigenheit, die von Geburt an in ihm steckt: daß er abladen muß, was er aufgenommen hat. Lange Zeit haben wir versucht, ihn zu kurieren, aus Mitleid, und weil wir diesem Zwang entgehen wollten. »Ich sammle doch auch«, sagte Anatol, »aber mir genügt es, wenn ich auf meinem Sofa liege; wozu die Leute draußen damit behelligen? Das ist überflüssig und außerdem riskant: wenn du Pech hast, hauen sie dir's über die Ohren.« Vladimir hat noch weniger Verständnis, er kann sich nur mit Mühe vorstellen, daß jemand lieber arbeitet als spielt. Doch Cyril schüttelt zu alledem nur den Kopf, bitter, vergrämt. Ihm ist nicht zu helfen. – Die Dombrowskaja hat ihr Unrecht eingesehen und nimmt den Vorwurf zurück.

Nadine reagiert auf Jahreszeiten, ein Umstand, der uns zwingt, den Kalender zu beobachten. Frühling, so banal es klingt, ist von vornherein verdächtig, doch auch die Übergänge haben ihre Gefahren; am schlimmsten sind die vorweggenommenen Stadien: ein Frühlingstag im Winter, ein Sommertag im Frühling, ein Herbsttag im Sommer ... Und Rauhreif. Wenn Nadine verliebt ist, sagt Vladimir, dann ist immer Rauhreif: kein Ding ist mehr gewöhnlich, kein Pfosten und kein Draht. Jeder Heuschober sieht wie ein Märchenschloß aus.

Ein Tag wie heute zum Beispiel läßt uns vom Morgen an nichts Gutes ahnen. Und haben wir nicht recht behalten? Wir haben.

»Bedenke«, sagt die Dombrowskaja, »daß du bei derart unvernünftigem Wetter schon früher Unheil angerichtet hast. Der Tag, als Jeremy so wichtig wurde …«

»Damit habe ich nichts zu tun«, sagt Nadine, »das hat die Božena angezettelt. Für mich war er nichts als ein netter Bekannter.«

Das stimmt. Wenn es nach Nadine gegangen wäre, dann wäre Jeremy auch heute noch ein Freund der Familie, weiter nichts. Trotzdem war sie es, die der Božena ihre Chance gab.

Das war ein von sommerlicher Hitze korrumpierter Tag im März, ein wahres Verhängnis: die Straßen lagen öde, der Park quoll über. Spatzen balgten sich in Pfützen, Kinder spielten, Bälle rollten, Mütter fuhren ihre Babies spazieren, Pärchen drängten sich, Platznot leidend, aneinander, Amseln pfiffen, Kiesel knirschten, die Erde roch nach Erde, die aufdringliche Lebenslust sproß, spuckte, loderte aus jedem Busch, jeder Busch versprach Blüten, zumindest Grünes – wer jetzt im Park spazierenging, war selber schuld.

Nadine betrachtete Jeremys Profil: ein amüsantes Profil. Ein amüsanter Mensch. Rote Haare sind apart, besonders bei einem Mann. Wie schade, sagte sich Nadine, daß ich nichts mit ihm anfangen kann; ich brauche einen Mann, der mich beschützt. Ich *habe* einen Mann, der mich beschützt.

Sie fanden eine leere Bank und setzten sich, weil ihnen eine leere Bank an einem solchen Tag als Kostbarkeit erscheinen mußte, zumindest als Seltenheit, zumindest … Die Lungen pumpten Hoffnung; mit dem Sauerstoff drang sie ein, stürzte sich auf die roten Blutkörperchen und schickte sie promillebeladen auf die Reise. Man hätte das Atmen vermeiden müssen, um die Hoffnung zu vermeiden. Man hätte auch die Jahreszeit vermeiden müssen, den Lufthochdruck, die gegenseitige Nähe.

»Verdammter Frühling«, sagte Jeremy.

»Ich weiß nicht«, sagte Nadine.

Sie sah sich um und fand den Park abscheulich; Dombrowskij würde lachen, wenn sie ihm erzählte, daß sie hier auf einer Bank gesessen hatte. Aber sie würde ihm nichts davon sagen; seit Menaggio sprach sie nicht mehr viel von sich. Dombrowskij nahm das für ein gutes Zeichen, er glaubte, daß sie »wesentlicher« wurde; dabei war sie nur schweigsamer geworden. Auch Jeremy gegenüber hatte sie keine Lust zu sprechen: er sah aus, als hätte er genügend mit sich selbst zu tun. Nadine schaute nach der Uhr.

»Ich muß nach Hause.«

»Ach wirklich«, sagte Jeremy. Sie hörte Enttäuschung aus seinen Worten und freute sich darüber.

Eigentlich hatte sie aufstehen wollen: statt dessen blieb sie sitzen, etwas vorgeneigt und mit gesenktem Kopf, wie horchend. Jeremy sagte nichts, aber sie sah seine Füße auf dem Sandweg stehen, in braunen Halbschuhen, an denen nichts Besonderes war, gar nichts Besonderes.

Die Božena sah zu Boden und gewahrte Jeremys Schuhe: diese Schuhe trieben ihr die Tränen in die Augen, obwohl oder weil sie alles andere als erbarmungswürdig waren, im Gegenteil. Sie waren von einem mittleren Braun, nicht sehr groß für einen Mann, modisch schmal, tadellos gewichst und geschnürt: Schuhe, auf deren Auswahl und Pflege man Sorgfalt verwandt hatte, die achtungsvoll behandelt wurden, liebevoll vielleicht ... Und die keinen anderen Zweck hatten, als den, die Füße eines Menschen zu bekleiden, der nichts dafürkonnte, daß er Füße hatte, der nie gefragt worden war, ob er auch wünsche, mit Füßen auf der Erde zu gehen, überhaupt zu gehen, überhaupt auf der Erde ... Es war die Vergeblichkeit der Mühe, die ein Mensch sich mit seinen Schuhen gegeben hatte, die sie zum Weinen brachte.

»Es sind gute Schuhe«, sagte Jeremy, »sie haben fünfundsechzig Mark gekostet, vielleicht auch sechzig. Sie müssen mir nichts glauben, ich lüge immer.« Nadine an ihrer Stelle hätte schnell begriffen und pariert: »Hoffentlich auch jetzt!« Doch die Božena verfügte über keine solchen Mittel, sie wurde nur traurig bei dem Gedanken, daß ein Mensch gezwungen war, ständig zu lügen, und sie fragte sich, was ihn wohl zwingen mochte. Er mußte verzweifelt sein.

»Sie lügen immer?«

»Ja«, sagte Jeremy, »aber stets im Sinne der Wahrheit, *einer* Wahrheit jedenfalls.«

»Ach dann ...«

Jeremy lachte, doch das täuschte sie nicht: sie hörte die

Dissonanz in seiner Stimme, den versteckten Hilfeschrei. Auch seinen Augen glaubte sie nicht: sie waren von einer sehr unsicheren Farbe und schienen nie genau zu wissen, was sie sahen.

»Gehen wir ein bißchen!« sagte Jeremy, und die Božena horchte diesen Worten nach: dem verbindenden »wir«, das vor einer Minute noch nicht existiert hatte, dem vertraulich-herrischen Imperativ und dem »gehen«, das so zuversichtlich in eine Zukunft wies, die offenbar schon vorhanden war.

»Ja, ein bißchen«, wiederholte sie, in dem Versuch, ein Ereignis zu verkleinern, das in seinem ganzen Ausmaß bereits eingetreten war und sich weder durch Worte noch durch Taten mehr verkleinern ließ.

Sie gingen. Er war nicht viel größer als sie, er hatte rote Haare, und durch seine Ohren schien das Licht.

Er fragte, ob sie sich wiedersehen würden; das war die reine Höflichkeit: sie hatten das Stadium der ob-Fragen schon hinter sich zurückgelassen, es konnte sich nur noch um wann und wo handeln.

»Wenn Sie wollen?« fragte die Božena. Auch dies eine pure Formsache. Sie verabredeten sich. Die Božena sah nach der Uhr.

»Ich muß zurück«, sagte sie. Sie sagte nicht »nach Hause«.

In einem Lokal am Stadtrand aßen sie Fisch. Jeremy wartete, die Božena forschte. Alle Fragen waren ungefragt, der Zustand war kostbar. Sie sah ihn: noch wog er leicht wie eine Feder, ein Hauch von ihr, und er würde davonschweben, sie konnte ihn einfangen, auf den Tisch legen, ihn bewundern; doch jede Art von Hauch war ihm gefährlich, ein Öffnen der Tür, ein Gast, der am Nebentisch nieste ... Schon war sie entschlossen, zu fragen, ihn mit Daten und Auskünften zu beschweren, und mit Kümmernissen ... Sie war bereit, die Last auf sich zu nehmen.

Nein, Jeremy war fremd in der Stadt, obwohl er schon eine Zeitlang hier wohnte, er war in allen Städten fremd, auch in allen Ländern, sagte er und bekam sofort einen Akzent, den sie aber nicht zu plazieren wußte. Darum hielt er sich am liebsten im Ausland auf, weil man dort sofort verstand, daß er einen Akzent haben mußte, in seinem Geburtsland mußte er erst lange erklären: daß er im Ausland aufgewachsen war, in Irland, weil da eine Großmutter herstammte, in Österreich, weil da auch eine Großmutter herstammte, in Frankreich – er sah ihr gespanntes Gesicht, aber er mußte sie enttäuschen: nein, selbst Jeremy hatte nur zwei Großmütter gehabt, wie jeder andere auch. Immerhin vier Urgroßmütter, und alle schienen einen Hang zum Fremdländischen gehabt zu haben, sie hatten ins Ausland geheiratet, wieder und wieder, bis man kaum noch feststellen konnte, was Inland und was Ausland war, daher auch sein fremder Akzent in jeder Sprache, daher sein Leben im Hotel.

»Aber Sie haben doch gar keinen fremden Akzent, jedenfalls bis vorhin hatten Sie noch keinen?«

»Was war schon vorhin«, sagte Jeremy.

Darum bliebe er auch allein, sagte er, damit das Übel nicht fortgesetzt würde; denn um die Kette zu unterbrechen, kam nur eine Landsmännin in Frage, aber wenn er überlegte, dann fand er, daß er keine Landsleute hatte, es kam also doch nur eine Ausländerin in Frage, und darum ließ er es.

»Mit uns«, sagte er und berührte ihre Hand, die neben dem Brotteller lag, »ist es etwas anderes, wir sind Landsleute.«

»Ich bin nicht frei«, sagte die Božena, und dies war der

Augenblick, in dem sie zum erstenmal an Nadine dachte und sie im gleichen Gedanken noch verwünschte, weil sie ihr ein Leben aufgeladen hatte, das ein Leben nur für Nadine und nicht für Božena war, die Verwünschung aber sofort zurücknahm: Nadine wußte nichts von ihr, sie hatte keine Schuld. Statt dessen verwünschte sie die Tatsache, daß Jeremy ein Mann war: ein Kind wäre ihr lieber gewesen, auch ein Greis, auch ein Tier – jede Art von Lebewesen, sofern sie ihm nur helfen konnte. Warum war Jeremy kein Kind? Das hätte Nadine nicht gestört. Aber er *war* ein Kind. Sie zog auch die zweite Verwünschung zurück und nahm sich vor, nie wieder etwas zu verwünschen, es lag ihr nicht.

»Ach«, sagte Jeremy. Es war die Božena, die schwerer wurde; sie hatte nur vier Worte gesagt und war schon wie ein Stein auf Grund gegangen; Jeremy konnte stundenlang sprechen, ohne auch nur um ein Gramm zuzunehmen. Die Feder blieb eine Feder. Trotzdem glaubte sie ihrem Gefühl mehr als seiner Munterkeit: er war in Not, sie hörte ihn rufen.

»Mein Beruf«, sagte er, »führt mich überall da hin, wohin ich möchte, das heißt, ich führe meinen Beruf dahin. Ich befasse mich mit Studien, mit denen andere sich vor so langer Zeit befaßt haben, daß es schon wieder lohnt, sich mit ihnen zu befassen.« Er wischte mit der Hand durch die Luft. »Ideen, Fragen, Sackgassen, Philosophie ...«

»Aber Sie sind nicht froh dabei.« Jeremy antwortete nicht; in sich gekehrt saß er da, ein Mensch, der mit einem Vorgang in seinem Inneren beschäftigt ist; die Umwelt war ihm entfallen. Die Božena wartete; endlich führte er die Gabel zum Mund und zum Teller zurück, sah auf und lächelte entschuldigend: »Es war nur eine Gräte«, sagte er.

Am Ende dieses Rendezvous war die Božena entschlossen, Jeremy nicht wiederzusehen. Er begleitete sie zu einem Taxistand.

»Ich fürchte, Ihnen ist nicht zu helfen«, sagte sie.

»Nein«, sagte er, plötzlich heftig, »mir ist nicht zu helfen.« Er blieb stehen und zwang sie, ihn anzusehen.

»Ich habe gar nicht gewußt«, sagte sie, bemüht, in ihrem leichten Ton zu bleiben, »daß Sie Sommersprossen haben.«

»Nur wenn ich blaß bin«, sagte Jeremy. Dies war das Äußerste an Zugeständnis, mehr hatte sie nicht zu erwarten, sie begriff es, noch während er sprach.

»Werden Sie kommen?« fragte Jeremy.

»Natürlich«, sagte sie.

Sein Leben im Hotel gab ihm Anlaß zu unzähligen kleinen Geschichten, mit denen er, wie die Božena glaubte, ein persönliches Gespräch vermied. So faszinierte ihn das Schlüsselbrett:

»Wenn das Brett leer ist, ist das Hotel voll; wenn das Brett voll ist, ist das Hotel leer – ist das nicht merkwürdig?« Und er berichtete ihr von einem »Erlebnis«, das ihn sehr erschreckt hatte: Er kommt spät abends ins Hotel zurück, begrüßt den Portier, der mit aufgestützten Händen am Pult steht und ins Leere starrt; der Portier wendet sich um und will den Schlüssel Nummer fünfzehn vom Brett greifen, aber diese Nummer gibt es plötzlich nicht mehr, an Nummer vierzehn schließt lückenlos Nummer sechzehn an, der Portier wird unruhig, sucht rechts, sucht links, sucht eine Reihe höher, Nummer fünfzehn ist nirgendwo zu finden, der Portier versucht, sich und ihm den Vorfall zu erklären, das Hotel zu verteidigen: Das sei in seiner langjährigen Laufbahn noch niemals vorgekommen und könne deshalb auch nicht die Schuld des Hotels sein, wer beweise ihm denn, daß es eine Nummer fünfzehn überhaupt gibt, vielleicht habe er, der Gast, sie soeben erfunden, als nächstes, ruft der Portier, jetzt aufgebracht, wird ein Herr zur Tür hereinkommen und einen Schlüssel Nummer iffzehn verlangen, jawohl, iffzehn, und sehen Sie, mein Herr, jetzt lachen Sie selbst darüber, aber er, zu Diensten, er wird die Nummer iffzehn suchen, oben, unten, in jeder Reihe ... Aber ich wohne hier schon ein halbes Jahr, unterbricht ihn Jeremy, Sie kennen mich doch ... Kennen? ruft der Portier, mein Herr! Ich kenne dieses Etablissement, sonst nichts ... Er fängt wieder an, das Hotel zu verteidigen, er regt sich auf, gestikuliert ... Schließlich tritt Jeremy aus der Tür auf die Straße und bemüht sich mit zurückgelegtem Kopf, die Leuchtschrift über dem Eingang zu entziffern, während in ihm die Gewißheit wächst, daß dies ja gar nicht sein Hotel ist, und daß es aus diesem Grund auch keinen Schlüssel Nummer fünfzehn geben kann ...

»Und dann?« fragte die Božena, »was haben Sie dann getan?«

»Ich? Nichts, natürlich. Muß man denn immer etwas tun? Ich bin schlafen gegangen.«

»Ja aber –«

»Auf jeden Fall«, sagte Jeremy, »wissen Sie jetzt meine Zimmernummer und werden sie sich hoffentlich auch merken.«

Ein andermal schien ihn der Lift zu ängstigen.

»Es ist der einzige Gegenstand, der hinaufsinken kann«, sagte er, »man muß sich das einmal klarmachen: ein Käfig, der seufzend aufwärts sinkt! Und in so etwas bleibe ich stecken, immer. Den Kopf schon im zweiten Stock, die Füße noch im ersten. Was mir bleibt, ist die Wahl, mich als Affe im Käfig oder als Sträfling hinter

Gittern zu sehen. Ich kann mich lange nicht entscheiden. Schließlich erkläre ich den Teil im zweiten Stock zum Affen, den im ersten zum Sträfling. Ich warte. Ich rufe. Endlich kommt durch den Korridor im zweiten Stock ein Zimmermädchen, sie hat die Arme voll schmutziger Wäsche und das Hirn voll Grausamkeit und Aberglauben, denn als sie mich sieht, glaubt sie, daß ein Kopf da lose auf dem Boden liegt, und es macht ihr gar nichts aus, im Gegenteil, sie pirscht sich neugierig näher, aber als sie merkt, daß er rote Haare hat, erschrickt sie, spuckt dreimal aus, seitwärts an der Wäsche vorbei – wozu die Vorsicht, frage ich mich, wenn sie doch sowieso gewaschen wird, also dumm ist sie auch noch – und rennt den ganzen Korridor zurück, fort. Ich seufze, und der Aufzug scheint das als Signal zu verstehen, er seufzt zurück und fängt an zu sinken, diesmal abwärts. Unten aber – und das gibt der Sache einen Schimmer von wirklicher Tragik – unten steht ein wütender Gast, faucht mich an, wie ich es wage, den Lift so lange zu blockieren, wünscht, daß er fünfe wäre statt einer, um mich zu lynchen, steigt ein und fährt ungehindert, ich sehe es an der Skala, bis zum vierten Stock. Ja, sehen Sie, und um mir all diese Scheußlichkeit zu ersparen, bin ich gar nicht erst ins Frontgebäude gezogen, sondern gleich ins Gartenhaus: da gibt es keinen Lift. Da geht man gleich rechts die erste Treppe hinauf am ersten Stock vorbei in den zweiten Stock, und dort findet man zwei Türen, an einer steht ›Bad‹ und an der anderen ›fünfzehn‹. Da wohne ich.«

Nun seufzte die Božena.

»Etwas anderes haben Sie mir nicht zu erzählen?«

»Doch«, sagte Jeremy, »daß Sie sanft und schön sind, wenn Sie den Pleonasmus gestatten.«

Sie trafen sich immer nur bei Tage. An den Abenden mußte die Božena wieder zurück, wie sie sagte, sie sagte nie »nach Hause«. Wenn sie von ihrem Leben »dort« erzählte, dann immer nur Äußerlichkeiten: Ich muß für zwei Tage verreisen, aber am Freitag bin ich wieder da ... Am Freitag fragte er sie, wie denn die Reise gewesen sei. Ach, immer dasselbe, antwortete sie, Besuche und Abendessen mit Bekannten, es sind mehr Verpflichtungen als Vergnügen. Es kümmert mich nicht sehr.

Sie hatten ein System der Unauffälligkeit entwickelt, Begegnungen in Vorstadtstraßen und kleine Lokale mit Holztischen, Bierkneipen, Konditoreien mit schlechtem Kuchen aber geschützten Ecken. Manchmal kam sie in Nadines Wagen, einem kleinen Coupé mit roten Polstern.

»Es ist praktisch«, sagte Jeremy, »aber es paßt nicht zu Ihnen.«

»Wie sollte es auch«, sagte die Božena. Sie saßen an einem runden Tisch in einem Gasthof, der »Adler« hieß, oder »Schwarzer Adler«.

»Ich kann mir schlecht vorstellen«, sagte er unvermutet, »daß Sie dort überhaupt leben können. Da widerspricht sich so vieles ...«

»Es ist nicht so schlimm«, sagte sie, »es läßt sich trennen. Tatsache ist, daß ich dort eigentlich nicht lebe; ich lebe nur mit Ihnen.«

Ein amerikanisches Touristenpaar setzte sich an ihren Tisch, obwohl das übrige Lokal fast leer war. Auf der Suche nach dem »Echten« hatten sie den »Adler« entdeckt, sie bestellten Rheinwein und wünschten Kontakt; die Dame sprach deutsch. Zu Boženas Verwunderung ging Jeremy sofort lebhaft auf ihr Gespräch ein, der Božena erschien es wie eine übermütige Flucht.

»Es ist schönes Wetter«, sagte die Dame, »wir sind glücklich, wir haben überall schönes Wetter, in Italien, Switzerland, und nun auch hier.« Jeremy widersprach sofort: Wie konnte man sich nur für Wetter interessieren, eine Sache, die man tausendmal erlebt hatte, immer in den gleichen Zusammensetzungen, Temperatur, Luftbeschaffenheit, Niederschlag, Lichteinfall: etwa fünf Arten von Schnee, ebenso viele Arten von Regen, dann Sonne, natürlich, und all dies auf die paar Jahreszeiten verteilt ... Wozu seine Empfindungskapazität alle Tage wieder mit so nutzlosen Bestandteilen füllen?

»What does he say?« fragte der Gatte.

»He doesn't like weather.«

»What weather?« Die Dame wandte sich wieder an Jeremy.

»Aber zum Reisen ist schönes Wetter wichtig ...«

Jeremy war nicht zu Kompromissen bereit. Schönes Wetter, schlechtes Wetter, was waren das für Vorurteile, Wetter ist schön, wenn es einem wohltut. Warum geben sie nicht zu: Ein zarter Dunstschleier über einem Tal – tat der ihnen nicht zehnmal wohler als vielleicht ein Föhntag in den Bergen, der wie mit Nadeln auf sie einstach, sobald sie auch nur die Lider hoben?

»Ja, aber die Aussicht ...«

Und hatte solche Klarheit sie nicht jedesmal elend gemacht, ihnen eine Art Föhnstich verpaßt, im Sinne von Kupferstich und Sonnenstich, so schmerzhaft in den Konturen, so betäubend in der Wirkung ...

»What does he say?«

»I don't know«, sagte die Dame.

Jeremy hatte ein letztes Argument: »Solange Sie im Nebel gehen, kann Ihnen keiner beweisen, daß Sie Ihr Ziel verfehlt haben, Sie sich selbst am wenigsten. Das ist doch etwas wert?«

»But we don't like fog«, sagte die Touristin.

»No, we don't«, der Gatte.

Lachend verabschiedeten sie sich. Der Ehemann bestellte eine zweite Flasche, um, wie Jeremy im Fortgehen bemerkte, bei wachsender Umnebelung die Vorzüge des Wetters im allgemeinen zu preisen und die des klaren Wetters im besonderen.

Auf der Straße machte er plötzlich ein finsteres Gesicht, und als sie fragend die Augenbrauen hob, fuhr er sie an: »Sie amüsieren sich? Sie finden mich lustig? Ich bin ein Eulenspiegel, ein Lachebajazzo?« Seine Augen waren so grell, daß sie erschrak.

»Sie müssen keine Angst haben«, sagte sie, »es geschieht Ihnen nichts.«

»Manchmal«, sagte er tückisch, »reden Sie mit mir wie zu einem Bettler: ›Bleiben Sie da, nein, gehen Sie nicht fort, kommen Sie zurück, ich gebe Ihnen etwas ...‹« Er stampfte wie ein ungezogener Junge mit dem Fuß auf. »Ich kann das nicht haben, ich mache das nicht mit.«

»Aber Sie irren sich«, sagte die Božena, mit den Tränen kämpfend, »wenn einer hier bettelt, bin ich es.«

Als sie im Auto saßen, beugte er sich herüber und küßte flüchtig ihren Hals, unterhalb des Ohres. Es war das erste Mal, er hatte sie noch nie geküßt.

»Sie sind gut«, sagte er, »Sie können nichts dafür, aber ich danke Ihnen trotzdem.« Gleich darauf tat er, als ob nichts gewesen sei, und plauderte von der Topfpalme im Vestibül seines Hotels.

»Sie gehört zum Personal und hat bestimmte Pflichten: den Norden zu leugnen und sich nicht zu verändern; sie darf weder wachsen noch blühen, dafür wird täglich auf ihr Staub gewischt, darauf hat sie Anspruch. Wenn sie kränkelt, kommt sie zum Gärtner, und eine andere Palme nimmt ihren Platz ein, eine ganz gleiche, damit niemand merkt, daß ein Wechsel stattgefunden hat. Wo täglich abgereist und angekommen wird, vertritt sie die Beständigkeit ...«

»Und weiter?«

»Ah«, rief Jeremy, »Sie warten auf die Pointe! Ich sehe, ich habe Sie verwöhnt. Doch diesmal gibt es keine, es war eine zweckfreie Betrachtung, l'art pour l'art sozusagen ...«

»Sie sind wunderbar«, sagte die Božena.

»Dann hatte es also doch einen Zweck«, sagte Jeremy.

Die Božena hatte ein paar Tage frei, niemand da, sagte sie, man könnte sogar ausgehen, lieber nicht ins Theater, aber ins Kino vielleicht und später in ein Nachtlokal, wenn er das gerne wollte.

»Ich kann erst weg, wenn es dunkel ist«, sagte Jeremy, »vorher muß ich auf die Magnolien vor meinem Fenster aufpassen.«

»Magnolien? Bis jetzt haben Sie immer von Kastanien gesprochen.«

»Aber wissen Sie denn das nicht? In jedem Kastanienjahr gibt es eine Magnolienstunde, eine einzige, die kommt, wenn die Knospen schon ganz lang, aber noch blaß sind, und wenn dann die Abendsonne darauf scheint – Sie sehen, es muß die Abendsonne sein – dann tun sie eine Stunde lang, als ob sie Magnolien kurz vor dem Aufblühen wären. Es ist ihr Kostümball, sie freuen sich den ganzen Winter darauf ... Morgen ist schon alles demaskiert, vorbei der rosa Traum, nur noch giftgrüne Blätter, senkrecht nach unten ... Interessiert es Sie?«

»Das hört sich schrecklich an.«

»Es klingt nur so«, sagte Jeremy; »die sind nämlich durchaus einverstanden damit, sie haben die Magnolienszene ja nur eingelegt, weil sie danach um so lieber Kastanien sind ...«

»Ich weiß nicht ...«

»Natürlich wissen Sie nicht, und das ist es auch, was Sie von einem Baum unterscheidet – Bäume wissen immer.«

»Gut«, sagte sie schließlich, »ich werde kommen. Es scheint eine einmalige Gelegenheit zu sein.«

»So ziemlich«, sagte Jeremy.

Die Božena nach diesem Entschluß ist ein Anblick, der uns heute noch zum Lachen bringt: sie zitterte.

»Der Weg zum Schafott«, sagt Cyril, »sie ahnte das Ende.«

Zunächst verlangte sie entgegen ihrer sonstigen Gewohnheit nach einem Cognac, und als sie in einem ungemütlichen, doch abgelegenen Espresso saßen, trank sie nicht einen, sondern drei. Nach dem dritten Glas erklärte sie:

»Jetzt weiß ich, woran es mich erinnert.«

»Was erinnert?«

»Das hier, das Café. Es ist wie ein Operationssaal: überall Chrom und Glas, und in der Espressomaschine werden die Instrumente ausgekocht.« Jeremy nahm ihr Glas und fragte, [illegible]wünsche, und die Božena [illegible]se Jeremy ihr fremd und [illegible]

»Da sieht [illegible]«, sagt Anatol; »für einen armen und gehetzten Jeremy war sie zu jedem Opfer bereit, aber kaum fühlte er sich wohl, verlor sie den Boden unter den Füßen, bekam Angst und sah sich nach Auswegen um. Die Sache mit den Servietten ...«

Das ist Vladimirs Stichwort, keine Bitte um Erbarmen vermag ihn von der Komik dieser Serviettenszene abzulenken, selbst Anatol lacht mit, und nur die Božena errötet, als sie sich wieder in diesem Espresso sitzen sieht, von Chrom und Glas wie von Messern bedroht und hilflos fröstelnd auf Umkehr bedacht. Es ist ja noch nicht zu spät.

Nur eine kleine Besorgung, sagte sie zu Jeremy, nur ein Dutzend Servietten in einem Geschäft abholen, in dem man ihnen Monogramme eingestickt hat. Die möchte sie heute noch haben, behauptet sie mit ungewohntem Eigensinn, ja, unbedingt noch heute.

Sie fahren in die Innenstadt. Jeremy wartet im Wagen, während die Božena zu ihrem Wäschegeschäft geht. Sie läuft fast, sie hat es eilig, ihr Monogramm wiederzusehen, wie eine Person, die ihr Gedächtnis verloren hat, sagt Vladimir, und die glaubt, daß sie es wiederfinden wird, wenn sie nur ihren Namen liest ...

Ja, die Servietten sind fertig, schon seit zwei Tagen, und wunderbar gelungen die Handstickerei, die gnädige Frau muß sich selbst überzeugen. Die Božena überzeugt sich; sie tritt mit jedem einzelnen Stück vom Ladentisch zur Glastür und studiert unter dem respektvollen Schweigen des Personals ein Monogramm, das nicht und doch das ihre ist, Nadines Monogramm.

Sie murmelt Freundlichkeiten, »sehr sauber gemacht« und »tadellos« und redet sich währenddessen immerzu ein, daß diese Buchstaben sie selber meinen, daß sie demnach in Dombrowskijs Haus gehört, Pflichten hat ... Sie ringt um einen Entschluß.

Als sie ihn gefaßt hat, verzichtet sie auf den Rest der Besichtigung und läßt sich die Rechnung geben. Während sie aus dem Laden tritt, sucht sie Worte für Jeremy zusammen, eine Absage, die nicht kränkt: »Sie dürfen mir nicht böse sein ...« und »Sie werden mich auslachen, aber ...« Alles weitere, denkt sie, wird ihr einfallen, wenn sie bei ihm im Wagen ist.

Leider kommt es nicht so. Denn leider, sagt Vladimir und spielt uns übertriebenes Bedauern vor, ist es gerade die Stunde nach Büroschluß: zu viele Menschen auf der Straße, Hunderte, Hunderte ... Sie gehen an den geparkten Autos vorbei, bleiben stehen, sehen einander an, sehen in die Autos, gehen weiter ...

Jeremy erträgt das nicht, nicht die Nähe dieser vielen

Lebewesen, nicht ihre Blicke. Er hat den Kopf seitwärts an das Fenster gelegt und haucht dabei die Scheibe an, daß sie wie ein Milchglas beschlägt.

Dieser Anblick zwingt die Božena zur Kapitulation. Sie lacht und macht sich gleichzeitig Vorwürfe: Wie hat sie ihn so lange alleinlassen können, hier in diesem Gewimmel! Aber sie hat nur an sich gedacht. Als ob es auf sie ankäme! Es kommt nur auf ihn an; Jeremy ist einsam, Jeremy hat Angst.

Sie wirft die Servietten auf den Rücksitz. Jeremy wendet den Kopf nach ihr und sagt: »Die Sonne wird gleich untergehen, es wird Zeit für die Magnolien.«

»Ja«, sagt die Božena, »es wird Zeit.«

Diesen Weg hätte sie auch allein gefunden, den Weg zum Portier, der den Schlüssel Nummer fünfzehn vom Brett nahm, an der Topfpalme und dem Käfiglift vorbei, der gerade seufzend nach oben sank ... Sie kannte die Treppe rechts im Garten zum zweiten Stock hinauf, die beiden Türen, von denen eine fünfzehn hieß.

Sein Zimmer war ihr fremd.

Sie trat sofort ans Fenster und sah, daß Jeremy Wort gehalten hatte; es war die Magnolienstunde.

»Nun, habe ich gelogen?«

»Sie haben gelogen, als Sie sagten, Sie lügen immer.«

»Ja, da auch«, sagte Jeremy.

Diese Stunde hatte höchstens zwanzig Minuten; das Abendlicht verließ die Kastanien im Hof von Jeremys Hotel, die einmalige Chance war verwirkt, die Božena bereitete eine Bewegung vor. Es fiel ihr schwer. Mit dem Rücken versuchte sie das fremde Zimmer zu ertasten, dem sie sich nun zuwenden mußte. Jeremys fremdes Zimmer. Sie dachte an seine Schuhe auf dem Boden vor der Bank, suchte in diesem Bild noch einmal Vergeblichkeit zu finden und fand sie nicht.

»Basta«, sagte Jeremy. Die Sonne war gesunken. Die Božena wandte sich um.

»Ich glaube«, sagte sie, während ihr Auge nur zögernd dem Körper in seiner Drehung folgte, »ich hätte nicht kommen dürfen.«

Das war das Ende dieser Romanze. Was der armen Božena weiter geschah, nötigt uns ein Lächeln des Mitgefühls ab und ein Kopfschütteln: sie ist so schwer belehrbar. Sie klammerte sich an Jeremy, selbst als er längst schon Sandra gehörte; sie mochte es einfach nicht glauben.

Manchmal, bei Nacht, meinte sie, ihn schreien zu hören und erwachte davon. Sie konnte dann lange nicht einschlafen und erfand immer neue Worte für ihn, ganze Litaneien an Zärtlichkeit und Trost. Doch schon am Morgen wußte sie, daß sie sich geirrt hatte; Jeremy schrie nicht, Jeremy war glücklich.

Gegen Ende August erfuhr sie von seiner Krankheit. Sie kaufte Obstsäfte und Löffelbiskuit und ging zu seinem Hotel. Im Eingang zum Gartenhaus traf sie den Arzt.

»Sie sind die Dame, die sich um ihn kümmert?«

»Ich – ja«, sagte die Božena. Der Arzt drückte ihr seine Karte in die Hand.

»Sie wollen mich bitte auf dem laufenden halten; wenn das Fieber steigt, müssen wir ihn in die Klinik überführen.«

Sie trat auf Zehenspitzen in sein Zimmer. Jeremy hatte das Gesicht zur Wand gedreht und schien sie nicht zu hören. Als sie sich über ihn beugte, sah sie, daß seine Augen zwischen den geröteten Lidern starr geöffnet waren; die Haut über den Backenknochen schien durchlässig und unnatürlich gespannt.

»Jeremy«, sagte die Božena. Er zuckte zusammen, als habe er einen Schlag erhalten.

»Jeremy«, sagte sie noch einmal, flehend. Diesmal reagierte er, die Lider klappten herunter, die Nasenflügel spannten sich, um seinen Mund erschien ein abweisender Zug. Jeremy hatte sich zurückgezogen. Die Božena hatte die Hand erhoben, um ihm das Haar aus der Stirn zu streichen; nun ließ sie es.

In diesem Augenblick kam Sandra wieder. Lautlos ging die Božena.

An einem Nachmittag im Oktober sah sie ihn im Café unter den Arkaden an einem Tisch sitzen. Er las in einem Buch, aber sein Gesicht hatte einen lauschenden Ausdruck, etwas schon Abgewandtes, das sie erschreckte. Das Buch schien nur den Zweck zu haben, Jeremys Abwesenheit zu verdecken. Selbst als sie neben ihm stand, bemerkte er sie nicht.

»Um Himmels willen«, sagte die Božena, »was ist mit dir?« Er kam sehr schnell zurück.

»Nichts«, sagte er, »ich lese, wie du siehst.«

»Aber du siehst elend aus – geht es dir nicht gut?«

»Im Gegenteil, es geht mir ausgezeichnet.« Selbst sein maliziöses Lächeln nahm sie für ein Zeichen schlechter Gesundheit.

»Ich habe dich noch nie so blaß gesehen.«

»Ich fürchte«, sagte Jeremy, »das liegt im Auge des Beschauers.« Jetzt begriff sie endlich.

»Du hast kein Vertrauen zu mir, du bist wie ein Feind.«

»Nein wirklich«, sagte Jeremy.

»Am besten, ich gehe wieder.« Er hielt sie nicht zurück.

Als sie sich nach einigen Schritten umwandte, sah sie ihn vor seinem Buch sitzen, gesammelt und abgewandt, nicht nur von ihr.

Von da an begannen ihre ziellosen Streifzüge durch die Stadt, die Stunden im Park, in denen sie in den Vorübergehenden die Verlorenen erkannte, Fische an Land, die den Rückweg nicht finden und, jeder vor dem Sterben noch, einen verzweifelten Versuch machen, sich anzupassen. Sie wußte nicht, was sie suchte, sie wußte nur, daß es nicht Jeremy war, höchstens der Jeremy von früher oder ein Lebewesen, das diesem ähnelte in seiner Hilflosigkeit, ein Tier vielleicht, oder ein Greis, ein Kind.

Dabei ist es geblieben; sie sucht noch immer, und sie ist überzeugt, daß sie, wenn wir nicht wären, längst schon gefunden hätte. Daraus erklären sich auch ihre seltenen, doch heftigen Ausbrüche, die ihrer üblichen Sanftmut nicht widersprechen, sondern sie eher zu ergänzen scheinen. Sie umklammert dann die Kante eines Tisches, der ungeachtet seiner Bestimmung das Aussehen einer Wikkelkommode annimmt, und ruft:

»Ihr bringt mich um! Ihr bringt mich um mein Leben! Ich sollte euch zum Teufel jagen, jetzt gleich, sonst ist alles umsonst gewesen ...« Wir wissen, was sie meint und daß sie uns um eines x-beliebigen Säuglings willen im Stich lassen würde. Trotzdem lassen wir uns ihren Zorn gefallen, wir respektieren ihn sogar; sie steht gewissermaßen unter Naturschutz. Wir begnügen uns damit, die Gesetze zu umgehen, denen sie unterstellt ist; anzugreifen wagt sie keiner.

Es gibt nur eine Art, sie zu beschwichtigen: Wir müssen sie auf später vertrösten. »Ein andermal«, sagen wir, und: »Es muß ja nicht gerade jetzt sein.« Die Božena schweigt, und eine eigentümliche Stille entsteht, »wie nach einem großen Verlust«, sagt Agathe, der jedes Wort recht ist, wenn es nur ein starkes Gefühl ausdrückt. Sie meint nicht Verlust, sie meint Verzicht.

Die Božena hat sich wieder gefügt, doch wir wissen, daß sie fortfahren wird, tagein, tagaus das Eine zu wünschen. Man müßte meinen, daß sie endlich einmal genug davon hätte, doch nein, sie gibt nicht auf. »Erst der Tod wird sie heilen«, sagt Cyril, und wir wagen nicht, dies als Trost anzusehen: Ihr Tod wird auch der unsere sein.

»Jede Begegnung«, sagt die Dombrowskaja, »ist ein Mißverständnis. Der, den man kennt, ist nie derselbe, dem man begegnet ist – die Begegnung hat ihn verändert.« Das klingt wie einer ihrer Sprüche, und Nadine zuckt ungeduldig die Schultern, Cyril aber macht sich eine Notiz und möchte genaueres wissen: Bedeutet es, daß man dem richtigen Partner nur begegnen, nicht aber ihn behalten kann, da er ja dann schon der falsche geworden ist? Oder umgekehrt: daß man dem Falschen begegnen muß, um den Richtigen zu gewinnen?

»Eine Chance unter tausend«, sagt die Dombrowskaja. Aber könnte man nicht dem Richtigen begegnen, ohne ihn zu verwandeln?

»Dann ist man ihm nicht wirklich begegnet«, sagt die Dombrowskaja, und wir begreifen auf einmal, was sie damit meint, wir denken an den Jeremy auf der Bank, dessen Schuhe die Božena so erbarmten, und an den Jeremy im Lokal, dem jeder Vorwand recht war, um sich seiner Retterin zu entziehen, »selbst eine Gräte im Mund«, sagt die Dombrowskaja, »die ihm allein gehörte. Weil diese dumme Božena die Verwandlung nicht sah; weil sie ihn immer weiterretten wollte.« Die Božena sieht auch jetzt noch nicht.

»Für mich«, sagt sie, »ist er immer der Jeremy auf der

Bank geblieben.« Nun lacht sogar Anatol. Die Dombrowskaja bleibt geduldig.

»Wenn du jemanden aus einem brennenden Haus geholt hast«, sagt sie, »dann kannst du das kein zweites Mal tun. Und es ist verkehrt, ihn wie einen zu behandeln, der in einem brennenden Haus steckt.«

»Ja aber«, sagte die Božena, »es brennt doch immerfort und überall!«

»Ah, siehst du, jetzt verstehen wir uns, das heißt, wir verstehen, warum wir uns nicht verstehen.«

»Du redest immer so Sachen«, sagt die Božena.

Einen Augenblick lang sieht es aus, als habe sie, wie so oft, widerspruchslos aufgegeben, doch dann erstaunt sie uns mit einem Protest.

»Nadine«, sagt sie, »hat eine Begegnung gehabt, aber hat sich etwas geändert?« Sie sieht sich um. »Ich merke nichts.«

»Bravo!« ruft Cyril, »endlich einmal ein logischer Gedanke.«

»Nur ein wenig voreilig«, sagt die Dombrowskaja, »denn erst beim nächsten Wiedersehen wird sich zeigen ...«

»Heute abend um acht«, sagt Nadine.

»Um Himmels willen«, sagt Anatol, und schon stürzen alle Ängste über uns, wir spüren wieder die Gefahr. Nur die Dombrowskaja läßt sich nicht irremachen.

»Wenn es überhaupt eine Rechtfertigung für diesen Aufruhr gibt«, sagt sie, »dann liegt sie in der Möglichkeit, daß er bei uns eine neue Person hervorbringt. Ansonsten ...« Sie zuckt die Achseln. Natürlich. Wir kennen ihre Einstellung. Sie sieht alle Geschehnisse in diesem Hause unter dem Gesichtspunkt, ob sie dazu beitragen werden, eine neue Person aufzurufen. Die Frage nach der Beschaffenheit dieser Person ist die einzige Neugier, die sie sich bewahrt hat. »Möchte wissen«, sagt sie, »wer da noch kommt und wann. Da ist noch allerhand möglich.«

Auch ihre Gewohnheit, Erfahrungen auf Formeln zu bringen, die ihr wie eine mit Kleingeld gefüllte Tasche erlauben, in jede Unterhaltung die passende Münze zu werfen, stammt zum größten Teil aus dem Bedürfnis, Ordnung für »die Nächste« zu schaffen: Sie soll gleich bei ihrem Erscheinen mit einem Blick erfassen können, wieviel vorhanden ist; sie soll sich und uns, das heißt, der Dombrowskaja, eine Menge unnützer Wiederholungen ersparen ...

Mit diesem Wunsch steht die Dombrowskaja allein; wir haben nichts gegen Wiederholungen, solange sie angenehm sind und sich zum Teil wenigstens mit dem decken, was wir, je nach Anlage und Temperament, für unser Leben halten.

»Angenehm oder nicht«, sagt Cyril, »wenn nur die Erfahrung stimmt. Bei mir zum Beispiel ...«

Über Cyril nachzudenken ist wie in einer alten Zeitung blättern, in den Jahrgängen nach dem Krieg.

Cyril, zu seiner Zimmerwirtin, sagte: »Liebe Sieglinde, natürlich bin ich blaß, das kommt, weil ich ein Laster habe. Lasterhafte Menschen erkennt man an ihrer Gesichtsfarbe. Nur daß es ein Laster ist, das selbst in Ihren strengen Kreisen akzeptiert wird: die Arbeit. Insofern habe ich Glück; wäre meine Sünde der Suff, der Haschisch oder das Spiel, so hätten Sie mich längst an die Luft gesetzt. Da ich aber lediglich der Arbeit verfallen bin, so erwähnen Sie Luft nur im Sinne von Gesundheit und Gesichtsfarbe und übersehen ganz, daß es sich dabei um Nuancen handelt, Zufälligkeiten ...

Sie möchten, daß ich ein gesundes Leben führe: ein junger Mensch braucht Luft, Bewegung, hin und wieder vielleicht ein Tänzchen. Liebe Sieglinde: das alles mag ich nicht. Wie jeder, der ein Laster hat, mag ich nur mein Laster. Und da dieses bei Nacht stattfindet, mag ich die Nacht. Sie mögen noch so sehr den Morgen preisen: mir ist er fürchterlich. Dieser tägliche Anlauf, der trügerische Aufschwung, die von Blutzucker und Lichteinfall gespeiste Illusion, es doch noch einmal zu bewältigen, die ein Opfer spätestens der Mittagshitze wird ... Was ich an Vormittagen kenne: das verwischte, verbeulte, verzettelte Leben auf den Straßen, das schäumt und Blasen schlägt und erst am Nachmittag langsam in sich zusammensinkt; am Abend klärt sich die Oberfläche, um Mitternacht hat es sich abgesetzt ...«

»Sie sollten Dichter werden«, sagte Sieglinde.

Als sie aus dem Zimmer gegangen war, trat Cyril vor den Spiegel und rieb sich die Wangen.

»Blaß«, sagte er, »blaß, blaß …«

Als Cyril an diesem Nachmittag in die Zeitung kam, fand er auf seinem Schreibtisch einen Zettel mit einem Namen vor, Paul Jakob, dazu die Adresse und den Vermerk: fünfundzwanzig Zeilen. Eine Minute lang starrte er verärgert die Schrift an, als handle es sich um eine persönliche Belästigung, dann griff er nach dem Telefon und verlangte einen Dienstwagen.

»Schlecht gefrühstückt, wie?« fragte der Fotograf, der schon informiert war und in der Anmeldung auf ihn wartete, »oder keine Lust auf Kleinvieh-Mist?« Cyril schwieg.

Paul Jakob lag im fünften Stock einer Mietskaserne in einem Doppelbett aus geflammter Birke inmitten peinlichster Sauberkeit. Außer einem Pflaster über der linken Augenbraue erinnerte nichts an einen Unfall.

»Er hat nur einen Schock«, sagte die Frau und rückte eifrig zwei Stühle zurecht, »er braucht eine Spritze zum Schlafen.« Paul Jakob sprach so leise, daß Cyril ihm noch näher rücken mußte. Also der Reihe nach: er, Paul Jakob, von Beruf Fernfahrer, fünfundvierzig Jahre alt, hatte einen Unfall gehabt; er war gegen einen Baum gefahren, hatte eine leichte Gehirnerschütterung, eine Platzwunde im Gesicht und einen Schock davongetragen. Wann war das gewesen und wo? In der Nacht vom … zum …, in der Allee vor Friedrichshain. Gut. Und der Grund für den Unfall? Er war von einem Motorradfahrer überholt worden, das war es, das hatte ihm einen solchen Schrecken versetzt, daß er das Steuer nicht mehr halten konnte. Na hören Sie mal! Doch, so war es, weil er nämlich Stahlblech geladen hatte, dünne Platten mit Kanten so scharf wie Rasiermesser, und weil die Platten locker geladen waren, das heißt, nicht genügend festgebunden, das heißt *doch,* nur daß sie so scharf waren, daß sie die Halterung durchschnitten, und weil der Motorradfahrer ihn da ausgerechnet überholte. Wann ausgerechnet? Paul Jakob sah ihn im äußeren Rückspiegel herankommen, sehr schnell in der Allee, ohne Licht, weil es ja noch Tag war ... Hatte er denn Licht? Nein, natürlich nicht, es war ja noch Tag! Also fand der Unfall nicht in der Nacht vom – zum statt, sondern schon am Nachmittag? Ja, um die Zeit wie jetzt, halb sechs. Also der Motorradfahrer kam heran, und dann sah er, Paul Jakob, im Rückspiegel einen Schatten, wie ein Blatt Papier, und den Motorradfahrer drunter wegtauchen und dann einen furchtbaren Lärm, wie das eben ist, wenn eine Blechplatte vom Auto fällt, es dröhnt und scheppert, und im gleichen Moment saust der Motorradfahrer an ihm vorbei, schnurgerade weiter, er, Jakob, will gerade auf die Bremse treten, wegen der Platte, die ja da nicht liegenbleiben kann, aber da sieht er den auf dem Motorrad, und daß der keinen Kopf mehr hat, weil nämlich die Platte – die sind scharf wie Rasiermesser, sagte Paul Jakob, und zur Entschuldigung für seine schwachen Nerven: er hat schon viele Unfälle gesehen, Tote aller Art, das ergibt sich ja, aber weitergefahren ist keiner ...

Der Fotograf machte zwei Aufnahmen, beidemal Paul Jakob im Bett, mit einem Pflaster über der linken Augenbraue und mit dem leeren Blick eines Menschen, den ein unverschuldetes Unglück betroffen hat, und der sich vergeblich klarzumachen sucht, warum.

Währenddessen bat Cyril in der Küche die Frau um ein Glas Wasser. Er trank es im Stehen, die Hand auf den Messinghahn des Ausgusses gestützt und den Blick auf ein Kalenderblatt gerichtet, das unter der Überschrift ›Sommerglück‹ eine junge Frau zeigte, die am Rande eines Kornfelds Mohnblumen pflückte, unter einem Himmel von Lämmerwolken. Er stellte das Glas beiseite, ehe der Fotograf sich über ihn lustig machen konnte.

Sie wünschten gute Besserung und gingen.

In der Redaktion tippte Cyril die fünfundzwanzig Zeilen in die Maschine, wobei er sich um größte Sachlichkeit bemühte. Er redete sich ein, daß es ja nur um einen kleinen Unfall ging. Ein einziger Toter und eine fast schmerzlose Todesart, das bedeutete nicht viel in einer Statistik, die an jedem Wochenende Hunderte solcher Fälle erfaßte. Trotzdem war ihm noch immer übel, als er später in der Nacht zum Umbruch in die Setzerei ging.

Für Cyril war die Setzerei der Ort, an dem er sich zu Hause fühlte. Wenn er durch den Maschinensaal ging, fühlte er sich wie im Rumpf eines Ozeandampfers, isoliert und doch geborgen, und der Geruch von Druckerschwärze und Papier erschien ihm als das täglich erneuerte Versprechen des einzig möglichen Lebens. Die Metteure waren seine Freunde; sie teilten ihren Schnaps mit ihm, und er trank, um sich nicht zimperlich zu zeigen; er lachte über ihre anrüchigen Witze, und sie achteten mit ihm auf eine saubere Arbeit. Cyrils Leidenschaft bezog sich auf den Vorgang, nicht auf die Nachrichten; nur Druckfehler regten ihn auf, verhobene Zeilen, verpatzte Überschriften. Nur ein wohlgelungener Umbruch konnte ihn entzücken.

Er fühlte sich nicht wohl. An einem Fensterbrett, dessen Gitter einen schmutzbeladenen Hof beschützten, verfaßte er die letzten Überschriften, zählte die Buchstaben aus und drückte dem wartenden Metteur das Papier in die Hand.

»Ist das alles?« fragte der Metteur.

»Alles«, sagte Cyril. Er sah, was »alles« war: der Schlaf beim Morgengrauen, ein Buch noch in der Hand, leicht schlummernd über den Geräuschen des Tages, Aufwachen gegen eins, das Bad, die frische Wäsche, ein halber Nachmittag war zu verbringen, bis endlich wieder die

Arbeit begann ... Ungeduld. Schon verödete das Leben außerhalb seiner Beschäftigung, schon war er wie ein Süchtiger auf die Nachtschicht ausgerichtet, Bürstenabzüge, die Metteure, Nachrichten verkehrt herum, Überschriften dreispaltig Doppelmittel Antiqua ... So weiter, bis die Rente fällig wird, dann noch ein Jahr zum Übergang, dann sterben, ohne je eine Nachricht begriffen zu haben.

Cyril ging um den Setztisch herum und stand dann lange vor seiner Seite, deren Symmetrie ihn nicht mehr zu entzücken vermochte. Fließend las er; die Nachrichten, sauber gerahmt und beschriftet, leitete er durch die Augen in sein Hirn weiter, wo sie sich ordentlich übereinanderstapelten: Bleigeschichten in Spiegelschrift, die ihm den Kopf herunterdrückten, so daß er gezwungen war, sie weiterzugeben; sie rutschten ihm in die Füße, in die Hände, in den Magen, bis sie alle Gliedmaßen und den Rumpf füllten; seine Haut war aus Ballonseide, dünn aber standhaft, er verließ sich auf sie.

Währenddessen las er eine Meldung, die er am Abend noch selbst redigiert hatte: »Nicht geheure Krankenschwester. (Eigener Bericht). Ein unheimliches Erlebnis hatte der Tierarzt Wilfert aus Tiefenbach, der am Dienstagabend in einen abgelegenen Hof zu einer kalbenden Kuh gerufen wurde ...« Cyril mußte mit; er war der Tierarzt Wilfert und stellte sein Auto an der Chaussee ab, neben einem Haufen Schotter, der mit den abgeschalteten Scheinwerfern sofort wieder ins Dunkel floß; er war es auch, der eineinhalb Stunden später den Hof mit der geretteten Kuh und die dankbaren Bauern verließ und dem Licht seiner Taschenlampe durch den Obstgarten zur Landstraße folgte. Neben dem Schotterhaufen stand die Krankenschwester und fragte, ob er sie ein Stück mitnehmen könne, »nur bis Tiefenbach«, sagte sie, während unter ihren Füßen der Schotter knirschte. Er, Wilfert-Cyril, schloß bereitwillig die Tür auf, half der Schwester mit ihrer Hebammentasche in den Wagen, stieg selbst ein und holte eine Zigarette aus der Tasche.

Nun sucht er nach Streichhölzern, fährt in die linke Tasche, in die rechte – da flammt das Feuerzeug der Krankenschwester auf. Einen Atemzug lang starrt der Tierarzt auf eine Männerfaust – behaarte Fingerrücken, ein breiter Daumennagel. Zum Überlegen bleibt ihm nichts als ein Zug aus der Zigarette; dann handelt er mechanisch: er läßt den Motor an, würgt ihn ab, läßt ihn nochmals an, würgt ihn ab, er schimpft über die Zündung und die Batterie, er steigt aus, öffnet die Haube, beugt sich über den Motor ... Nun bittet er die Schwester, ihm behilflich zu sein: er wird noch einmal den Motor anlassen, und sie wird so gut sein und dabei eine Zündkerze festhalten, die offenbar wackelt. Das ist laienhaft gedacht, doch ein Tierarzt ist schließlich kein Mechaniker ... Die Schwester tut wie ihr geheißen, der Motor läuft, »gut«, ruft der Tierarzt aus dem Fenster, »und wenn Sie bitte die Haube schließen würden!« Er wartet ab, bis die Person neben den Wagen getreten ist ... Die Tür drüben ist noch offen, der Rauch seiner Zigarette beißt ihm in die Augen, doch da hat er schon geschaltet, aufgeblendet, Gas gegeben ... Er schaut nicht einmal in den Spiegel, er denkt nur an Entkommen.

»Ich bin nur froh, daß ich Tierarzt bin«, sagt er eine Viertelstunde später auf der Gendarmerie von Tiefenbach. Der Wachtmeister nickt und tippt weiter mit zwei Mittelfingern die Liste der Gegenstände aus der Hebammentasche: Werkzeug, zwei Nummernschilder, ein großes Küchenmesser ...

»Stimmt was nicht?« fragte der Metteur.

»Hier ist ein Spieß drin«, sagte Cyril und zeigte auf eine

Stelle zwischen zwei Absätzen, »sonst ist alles in Ordnung.« Er hörte jetzt wieder die Geräusche, das Stampfen der Rotationsmaschinen, den Ventilator, und von einem der Nebentische her Gespräche: »Mit diesem Material soll man eine Bildspalte machen ... Der Mensch scheint nur noch aus Busen und Kopf zu bestehen; Busen ist billig, also was bleibt? Kopf. Dabei sind die meisten Köpfe genauso billig ...«

»Ganz richtig; aber wo's hinausläuft, ist wieder die probate Mischung: Prise Natur, Prise Zoo, Prise Technik. Wird einem auch nicht besser davon.«

»Was wollt ihr denn? Mehr ist ja auch nicht da ...«

»Immer noch besser als dieser ewige Kopf-Salat ...«

Cyril holte sich den einzigen Schemel, um sich darauf zu setzen, benutzte ihn danach aber doch nur als Papierablage und setzte sich statt dessen auf das Fensterbrett. Der Schmutz im Hof, Abfall, Gerümpel, verrostetes Eisen und Papier, erschien ihm jetzt als der notwendige Ausstoß einer Tageszeitung: die Nachrichten von gestern. Ein Tag pro Ereignis, mehr stand keinem zu; was zählte, war der Nachrichtenwert.

Gegen zwei Uhr morgens war er mit der Arbeit fertig und ging mit Jost, dem Sportredakteur, aus dem Haus. Die Straße war ein großes, neonbeschienenes Zimmer. Die wenigen Gestalten, die sie trafen, waren ihm bekannt: die mit der schwarzen Fliege am Hals, die im Zickzackgang und die mit den vergrabenen Fäusten und den vorgeneigten Köpfen – Kellner, Betrunkene, Verzweifelte. Alle hatten die Mantelkragen hochgeschlagen, zum Schutz und weil sie einsam waren; es war die Uniform der Nachtpassanten.

Cyril liebte Neonlicht. Der Tag erschien ihm düster, im Vergleich zu dieser Helligkeit. Er fing an, das Wort »Neon« zu wiederholen: »Neon, Neon, Neon ...« Noch ehe sie die

Straße überquert hatten, war eine Klage daraus geworden: »Nee, o nee, o nee ...«

»Dir ist wohl nicht gut«, sagte Jost.

Im »Alpha« waren schon einige der Kollegen versammelt. Schrimpf, der die Kriegsverbrecherprozesse bearbeitete, beklagte sich über die Unmöglichkeit, Tatsachen zu vermitteln:

»Es scheitert alles an der Phantasie. Wer liest schon, was er liest?«

»Ich«, sagte Cyril, »seit einer Stunde.«

»Du sagst: er hat Tausende umgebracht – und du wirst nicht gehört. Bei dem Worte ›tausend‹ fällt die Klappe – Schluß der Aufnahme. Das mag ein Schutz sein, weil man sonst verrückt würde, aber ...«

»Feiner Schutz: der Einzelne ist abgesichert, und die Menschheit geht dabei zum Teufel!«

»Man müßte sich ein System ausdenken, um diesen Widerstand zu durchbrechen ...«

»Vielleicht durch Überrumpelung ...«

»Nein, dann schon eher mit List: den Leser zwingen, sich zu identifizieren, bevor man ihm sagt, um was es geht. Etwa so: Versetzen Sie sich, lieber Leser, in einen strahlenden Sommertag im Grunewald. Sie spielen Pingpong mit Ihren Kindern; die Kiefern duften, der Sand knirscht, die Bälle ticken ... Vom Nachbargrundstück kommt das gleiche Geräusch, auch dort spielt man Pingpong. Der Nachbar ist Geschäftsmann wie Sie, auch er hat Erfolg gehabt, auch er genießt den Sonntagnachmittag im Kreise der Familie ... Sie machen Pläne für den Urlaub; dummerweise kommen nur die Schulferien in Frage, aber Ihre Frau hat auch diesmal ein stilleres Plätzchen an der See gefunden, sie nimmt Ihnen alle diese Dinge ab, Sie brauchen sich nicht zu belasten ... Und so fort. Dann gibt es Abendessen, also räumt man den Tisch unter das Vordach, der Nachbar tut das gleiche, man geht ins Haus, wäscht sich die Hände, ißt, geht schlafen, schläft ... Und wird aufgeweckt. Die Türglocke. Nein, es ist nicht der Telegrafenbote. Die Zahnbürste dürfen Sie mitnehmen, und ein Stück Seife. Das wird Ihre letzte Fahrt per Limousine, lieber Leser, danach wird es nur noch Transporte geben, und selbst die nicht sehr lange ... Auch auf Ihre Familie wartet eine solche Fahrt, auf die Frau, die Kinder ... Und auf den Nachbarn? Wo doch dort alles ganz gleich ist?

Nein, eben, auf den Nachbarn nicht, weil der nämlich anders heißt, Müller und nicht Rosenbaum ...«

Cyril sah jetzt, daß seine Kaffeetasse zerfloß; noch während er in ihr rührte, senkten sich die Ränder und breiteten sich aus, wurden zu einem Suppenteller, dann zu einem flachen Teller und gingen schließlich in das Tischtuch über, auf dem in einer kleinen braunen Säule der Kaffee stand. Er nahm den Löffel in die Hand und spürte, wie ihm der Stiel in den Fingern zerrann.

»Versuch das mal«, sagte er zu Jost und hielt ihm den Löffel hin. Die Kollegen wurden aufmerksam und begannen, mit ihm und über ihn zu sprechen: »Was ist denn mit dir los? Nicht ganz geheuer, wie?«

»Du siehst ja ziemlich käsig aus ...«

»Kunststück, bei der Beleuchtung ...«

»Neon«, sagte Cyril, »nee, o nee, o nee ...«

»Jetzt hat's ihn wirklich«, sagte Schrimpf. Die anderen versuchten ihr Unbehagen in Gelächter zu verstekken. Cyril beachtete sie nicht: er hatte gerade den Motorradfahrer entdeckt. Der stand neben der Theke und ordnete Besteck; Cyril sah ihn durch die Vitrine, in der die Äpfel und die Kekse lagen. Der Bursche hatte keinen Kopf.

Jemand bestellte einen Steinhäger für Cyril, »bevor er

vom Stuhl fällt«. Mehnke von der Außenpolitik begann die Gefahren der Nachtschicht darzustellen:

»Auf die Dauer halten es die wenigsten aus, irgendeinen Knacks kriegt jeder davon. Aber wenn man's mal gewohnt ist, läßt man's ja nicht wieder. Bei so einem Bürschchen«, er wies mit dem Kopf nach Cyril, als sei der schon nicht mehr ansprechbar, »wird das natürlich schlimm. Der wächst ja noch. Bis fünfundzwanzig wächst man.«

»Laß ihn in Ruh', der wird schon wieder. Mal richtig ausschlafen, weniger Kaffee ...«

»Jetzt fällt's mir ein: der Helbig, mit dem war es ganz genauso. Erst konnte er keine Meldungen mehr sehen, und dann ... Hübscher kleiner Breakdown, darauf wird's wohl hinauslaufen ...«

Cyril sah den Motorradfahrer hinter der Vitrine hervorkommen. Er brachte außer dem Steinhäger auch seinen Kopf mit.

»Dann kann es nicht so schlimm gewesen sein«, sagte Cyril. Schrimpf und Jost zeigten jetzt offen ihre Besorgnis.

»Ich bringe ihn nach Hause«, sagte Schrimpf.

»Vielleicht fahren wir am Krankenhaus vorbei? Einen Arzt braucht er ja doch.«

»Genau wie bei Helbig«, sagte Mehnke, »erst liest er, was er liest, dann hört er Stimmen, die nicht stimmen. Stimmt's?« fragte er Cyril, und Cyril antwortete:

»Der Tag ist laut.«

Eine Gruppe von anderen Zeitungsleuten, die wahrscheinlich schon in Wagners Kellerkneipe gezecht hatten, kam lärmend von der Straße herein. Cyril sah durch die offene Tür das Neonzimmer, es wirkte blau und sauber, während das Café jetzt bis zur Grenze seiner Kapazität mit Lärm und Rauch gefüllt war. Cyril wurde traurig, als die Tür sich wieder schloß.

Vorübergehend beobachtete er sich im gesammelten Widerwillen gegen eine ihm aufgezwungene Gulaschsuppe, dann war er damit beschäftigt, die Tischplatte herunterzudrücken, die ihm hartnäckig entgegenkam; dabei stieß er an sein Glas. Jost, der ihn nicht mehr aus den Augen ließ, fing es noch im Schwanken auf.

»Zahlen«, rief Schrimpf.

Cyril befand sich in der genauen Mitte eines Augenblicks, eingeklemmt zwischen Vergangenheit und Zukunft, auf der Kante einer Stahlblechplatte. Er sah ein, daß dieser Ort als Grundlage einer Existenz nicht genügte; er fühlte sich so schmal, daß er nicht einmal sich selbst überzeugte: es gab ihn nicht. Dieser Gedanke war ihm zugleich angenehm und unangenehm: daß er ihm angenehm war, schien seine Richtigkeit zu bestätigen, daß er ihm unangenehm war, ließ ihn argwöhnen, daß er sich geirrt hatte. Trotzdem brachte er es fertig, die Kante zu verlassen und auf eine weitere Kante umzusiedeln, das heißt, den Teil des Augenblicks, der gerade noch Zukunft gewesen und nun Gegenwart geworden war, während die frühere Gegenwart Vergangenheit wurde und nur die schon vorhandene Vergangenheit unverändert Vergangenheit blieb, so daß er es, wie er interessiert feststellte, mit einem Augenblick zu tun hatte, der aus zwei Vergangenheiten und einer Gegenwart, aber keinerlei Zukunft bestand. Außerdem brachte er es fertig, sich von Jost und Schrimpf an beiden Armen hochzerren und fortführen zu lassen.

Während seines Klinikaufenthaltes war Cyril hauptsächlich damit beschäftigt, sich vor Krankenschwestern zu hüten, was ihn um so mehr in Anspruch nahm, als er Tag und Nacht von ihnen umgeben war. Die Schwestern konnten sich sein sonderbares Gehabe zunächst nicht erklären. So fragte er Schwester Theresa, die ihn betreute, wo sie denn ihre Tasche gelassen habe.

»Welche Tasche denn?«

»Sie wissen schon, die große, braune mit dem Henkel!«

»Die habe ich zu Hause gelassen«, sagte Schwester Theresa fröhlich, »denn alles, was ich brauche, gibt es hier auf der Station.«

»Das hätte ich mir denken können«, sagte Cyril.

Ein andermal fragte er sie scheinheilig, ob es ihr nicht leid täte, daß er kein Auto habe.

»Ganz und gar nicht! Sie sind uns ohne Auto genauso recht!« Das wunderte ihn ein wenig.

»Mein Bett hat keine Nummer, nicht wahr?«

»Nein; dafür hat aber Ihr Zimmer eine.« Sie war erstaunlich offen; Leugnen schien ihr gar nicht in den Sinn zu kommen.

»Und wenn ich jetzt eine Zigarette rauche, würden Sie mir dann Feuer geben?«

»Ich bin doch nicht dumm«, sagte Schwester Theresa, »das ist mir strikte verboten.«

Er zeigte Symptome von Verfolgungswahn: »Unter einer solchen Schürze läßt sich manches verstecken«, sagte er, und: »Es muß ja nicht ein so riesiges Messer sein, ein kleineres tut's auch. Wozu überhaupt Messer«, fragte er und betrachtete sinnend Schwester Theresa, die gerade sein Bett bezog, »wenn Vergiften doch so viel einfacher ist ...« Einige Tage lang mußte man ihn zu jedem Bissen nötigen.

Erst als er davon sprach, daß es ihm niemals einfallen würde, Tierarzt zu werden, kam man seinem Wahn auf die Spur. Die Stationsschwester hatte den Bericht gelesen und erinnerte sich sogar an die Einzelheiten.

Am Nachmittag dieses Tages brachte Schwester Theresa ihre Handschuhe mit und fragte ihn, wie ihm die Farbe gefalle. Cyril blieb teilnahmslos.

»Ich finde«, sagte sie, »daß sie durch die Steppnaht noch winziger wirken. Dabei habe ich ohnehin eine kleine Hand, meinen Sie nicht? Größe fünfeinhalb.« Sie ließ kokett die Finger spielen.

»Ja, sicher«, sagte Cyril.

Doch als sie mit dem Abendessen wiederkam, wirkte er zum ersten Male lebhaft.

»Die Handschuhe waren wirklich schön«, sagte er, »zeigen Sie mir doch noch einmal Ihre Hand, Schwester. Tatsächlich ein winziges Händchen!« Er lachte. »Nein, wie man sich doch täuschen kann!« Von da an ging es ihm besser.

Die Stadt, in die man ihn schließlich entließ, war ein Ausstellungsmodell unter einem Glassturz, an dessen Rändern sich das Blau speicherte, ein makelloser Horizont. Schärfere Konturen, so schien es Cyril, hatte er nie gesehen. Die Gebäude offenbarten eine zarte Geometrie, die Straßenzüge eine Klarheit, die ihn entzückten. Wo immer er sich umsah, fand er Perfektion, Linealarbeit mit feinster Feder. Im Gehen entrollte sich ihm der Plan einer Stadt, darin ein heiteres Leben zu führen fast ein Gebot war. Die Neonnächte hatte er vergessen.

Zugleich wurde ihm ein Zustand äußerster Verletzbarkeit bewußt; es war der Preis der neuen Optik, wie ihm schien, und nicht zu hoch. Er mußte nur aufpassen, sich hüten! Die Zeit des Schlenderns war vorbei, von nun an hieß es wachsam sein: Hindernisse umgehen, Begegnungen meiden, Gefahren im voraus ertasten – wie ein Bluter, sagte er sich, dem jede Berührung zum Verhängnis werden kann.

Es war fünf Uhr nachmittags, und ohne sich um seine Warnungen zu kümmern, schlugen seine Füße den gewohnten Weg zur Redaktion ein. Das einzige Zugeständnis, das er ihnen abnötigte, war ein Umweg, der ihm den Haupteingang ersparte; er wollte die Hintertreppe benutzen.

Als er sich dem Gebäude bis auf fünfzig Schritt genähert hatte, blieb er stehen und registrierte: ein mit grauen Quadern belegter Gehsteig neben einem Eisenzaun, der auf einem kniehohen Sockel um einen Parkplatz lief; links und rechts Brandmauern mit Reklameplakaten, ein Hund, der ihm entgegenkam, eine Frau, die an ihm vorbeiging und, weiter weg, in unaufhörlicher Annäherung, ein Straßenkehrer. Hinter dem Gitter im Hof zwei Reihen von Autos, auf Plätzen, die von Ketten umgeben und mit Schildern bezeichnet waren, »reserviert«, »reserviert«, »reserviert«. Aus dem Hintereingang trat ein Mann, setzte sich in einen Lieferwagen, der auf einem nicht reservierten Platz stand und versuchte mehrmals, den Motor anzulassen; er verursachte ein krächzendes, vergebliches Geräusch.

Die Nachtschicht hatte schon angefangen; in den Fenstern des ersten Stocks gingen gleichzeitig die Lichtröhren an; sie stotterten ein wenig, es sah aus, als verschluckten sie sich vor Eifer. Die Autorücken schnappten nach den Funken. Cyril betrachtete eine Hand, die einen der ekkigen Stäbe umklammerte, und sah, daß sie dünn und blaugeädert war. Als oben die Gestalt eines Mannes auftauchte und das Fenster öffnete, ließ er los und trat einen Schritt zurück. Noch ehe der andere sich herausbeugen und ihn rufen konnte, war er schon weitergegangen, an dem Straßenkehrer vorbei, der sich immer noch näherte, allerdings nicht mehr ihm. Lau, milchig, strömte Geduld in ihn ein.

Ein Strauß Rosen in der Vase.

»Der geht aber ran«, sagt Cyril.

Nadine strahlt; sie nimmt jede Blüte einzeln zwischen die Finger und küßt sie. Agathe summt: ›Dunkelrote Rosen schenk' ich, schöne Frau‹, obwohl die Rosen hell sind, lachs- bis mittelrot.

»Die damals waren auch so ähnlich«, sagt Anatol. Nadine kann sich an keinen ähnlichen Strauß erinnern, oder aber an Dutzende von Sträußen, und das lehnt sie ab. Die Dombrowskaja dagegen weiß sofort, was er meint.

»Diesmal heben wir sie nicht auf; wenn sie welk werden, kommen sie auf den Müll.« Doch Anatol ist schon zurückgegangen.

Dombrowskijs letzter Rosenstrauß war beim Einzug dabei; Nadine, die sich jetzt nicht erinnert, hat ihn selbst hereingetragen und in der Diele auf die Kommode gelegt. Dabei waren die Blumen längst verdorben, nicht verwelkt, sondern von innen heraus verfault. »Rosen wie schwarze Knoten«, sagte Anatol, »ein Mumien-Bouquet.« Mit derartigen Bildern vergällte er uns den Einzug: »Riecht ihr nichts?« fragte er uns reihum, »sie stinken. Verwesung, Herbst, Kompost.«

Glücklicherweise hatte niemand Zeit, sich um Anatols Trübsinn zu kümmern, nur in Vladimirs Produktion tauchte einige Zeit später dieses Thema wieder auf, und zwar in einem Sketch, der Anatol als Arzt mit Brille und weißem Mantel zeigte. Das umherliegende Grünzeug trug menschliche Züge, doch niemand von uns wollte sich darin erkennen, und Namen wurden nicht genannt. Dazu sprach Vladimir einen Text, dessen schwieriges Versmaß Penny vor Neid erblassen ließ:

»Im Wartesaal
Saß eine kranke Kartoffel;
Sie war seinerzeit
Zu wild in die Triebe geschossen
Und starb nun am Krebs.

Den Rettich daneben
Hatte die Dürre ganz offensichtlich
Bitter gemacht. Sein Anblick
Erschreckte den Kohlkopf, dem seinerseits
Die innere Zersetzung aufs Blatt geschrieben stand.
Zur Linken einer geschrumpften Karotte
Erwehrte sich ein Apfel der Sorte Morgenduft
Kaum seiner Maden.

Die hygienisch gedrillte Sonne
Fraß vom Linoleum
Geschäftig Bakterien auf, während
Die zum Hause gehörige Columnea Gloriosa
Ein arrogantes Schweigen bewahrte:
Sie wußte sich gesund.

Die Illustrierte auf dem Tisch
Schwärmte von Capri. Es roch
Nach faulenden Rosen, Kompost.
Federnden Schritts kam der Arzt.
Sein glasverschaltes Auge
Las Leiden auf Latein.
›Unfit for human consumption‹,
So sprach er (in Englisch, denn er war einmal
Boy Scout gewesen). Rasch überschlug er
Die Honorare, die ihm entgingen,
Doch die gute Tat des Tages
Stand seit Jahrzehnten aus, deshalb

Übermannte er sich und rief
Durchs Telefon, mit sonorer Stimme,
Die Städtische Müllabfuhr an.«

Es sind Späße dieser Art, die unser Leben stören. Wir mögen noch so heftig nach Vergessen trachten – einer ist immer da, der sich erinnert und im unrechten Moment, beim Anblick eines Rosenstraußes etwa, Kompost erwähnt.

»Was für ein Aufwand!« sagt Nadine. Vladimirs Lyrik macht ihr keine Freude. »Dabei ist es ganz einfach: Wo Rosen sind, ist Liebe, und wo Liebe ist ...« Sie sieht sich um und fragt: »Was lacht ihr denn?« Wir lachen. »Ihr seid bloß neidisch«, sagt sie.

»Jawohl«, sagt Cyril, »das sind wir. Wir hätten auch gern ein so schlechtes Gedächtnis.« Er höhnt: »Ganz einfach: Wo Rosen sind, ist Liebe, und wo Liebe ist, da enden alle Fragen. Mir scheint, daß ganz im Gegenteil ...«

»Ich weiß, was du meinst«, sagt Nadine. »Dombrowskij. Aber das war eine Ausnahme. Damals wußte ich noch nicht, daß in einem einzigen Menschen so viele andere versteckt sein können.« Nun wird erst recht gelacht.

»Weißt du es heute?« fragt Cyril.

Nadine, damals in Menaggio, hatte Rosen auf dem Nachttisch stehen. Sie hatte auch Flaschen mit Asti da, spumante und nicht spumante. Sie hatte darüber hinaus vor dem geöffneten Fenster den Comer See, der sich durch einen unbeschreibbar goldenen Dunst (unbeschreibbar für Cyril) vor einem Himmel schützte, der ganz und gar und ebenfalls unbeschreibbar Oktober war, nichts als Oktober, eine Attacke in Blau.

Vor dieser nur schwer zu ertragenden Pracht, immer wieder überfallen von einer Schönheit, die ihr nachgerade als Belästigung erscheinen mußte, sann Nadine ihrem Erlebnis mit einem neuen Dombrowskij nach, an den zu glauben sie nie gewagt hätte: dem zarten, festen, lockerselbstbewußten und dabei hinreißend selbstvergessenen, dem über beide Ohren verliebten und dabei selbst aufs äußerste verführerischen Bel Ami. Der Ingenieur war vergessen, so schnell wie er betrogen war.

(Der Ingenieur saß unterdessen einige hundert Meter weiter im Vestibül eines anderen Hotels einem Attaché gegenüber, der ihm nur deshalb, und tausendmal Verzeihung, in den Urlaub gefolgt war, weil es sich um ein so einmaliges, unaufschiebbares, neuartiges, ja epochemachendes Projekt handelte ... Der Ingenieur Dombrowskij war bereits entschlossen. Gewohnt, die privaten Dombrowskijs widerspruchslos zu überstimmen, fegte er den momentanen Widerstand des neu erwachten Bel Ami beiseite, des Liebhabers seiner Frau, dessen Auftrag er, und das war sein Fehler, zu den aufschiebbaren Projekten rechnete, im Gegensatz zum Angebot des Attachés.)

Nadine, umgeben von Rosen, Spumante, viel Comer See und noch mehr Oktober, in der klassischen Ruhe einer Frau, die weiß, daß sie geliebt wird, erwartet Romeo.

Wer kommt, ist der Ingenieur. Ein Mann, vor dessen nüchternem Blick die Rosen auf dem Nachttisch zum banalsten Klischee der Blumensprache zusammenfallen, verglichen womit selbst einem Kohlkopf mehr Ausdruck anzumerken wäre; den die Flaschen daneben nicht an Rausch erinnern, sondern an Zoll; für den der Zauber vor dem Fenster sich zu einer Postkartenansicht verflacht, in billigem Vierfarbendruck: rot, gold, knallblau und grün ...

»Wir reisen ab«, sagt er, »es tut mir leid.«

Was danach geschah, sagt Cyril, muß er selber erzählen, weil Nadine sich an nichts erinnert, sie sagt nur »es war so ein Schock« und spricht von Verzweiflung und Tränen. Cyril dagegen nennt es einen hysterischen Anfall und bedauert den armen Dombrowskij. Man muß es von seiner Seite aus sehen, sagt er, sonst macht man sich kein Bild. Also machen wir uns, teils neugierig, teils widerstrebend, ein Bild von Dombrowskijs Leiden: ein ahnungsloser Mann, der ins Hotel zurückkommt und seiner Frau eröffnet, daß sie den Urlaub abbrechen müssen, weil er leider, dienstlich, dringend ... Und dem anstelle einer vernünftigen Antwort das Geständnis eines Ehebruchs entgegengeschleudert wird, noch dazu wie.

Sie berichtete ja nicht, wie sich das gehörte, etwa, mit hartem Blick über den Tisch hinweg: »Dombrowskij, ich habe dich betrogen, aber der Schuldige bist du!« (Oder anders: »Liebling, verzeih mir, ich weiß nicht, wie es geschehen konnte, ich weiß nur, daß ich nie, nie wieder ... Verstoß mich nicht ...«) Nicht so Nadine. Rette mich, schreit sie statt dessen, sie verfolgen mich, ich kriege sie nicht los! – Er hatte noch nicht einmal den Mantel ausgezogen. Hysterie, dachte er, das hat sie von ihrer Mutter, aber daß es so früh schon ausbricht ... Sofort, Liebes, sagt er, laß mich nur erst den Mantel ausziehn.

Du bist so lange fort gewesen, jammert sie, viel zu lange! (Und er hat kaum Zeit, zu überlegen, was sie damit meint: Ich bin doch immer da, sagt er.) Dabei haben sie mich längst schon in den Klauen, der Kater, der Engel, das Glas ... Wer hat dich in den Klauen? – Du mußt mich retten, heult sie, du hast die Verantwortung ... Nicht für alles, sagt Dombrowskij. Für alles! schreit Nadine.

Er hatte jetzt wenigstens den Mantel ausgezogen und sich gesetzt; dabei sah er sich unwillkürlich nach den Dingen um, die alle noch gepackt werden mußten. Inzwischen jammerte sie weiter, immer verworrener, wie ihm schien: der Kater saß vor der Tür und hatte rote Augen, jawohl, jeder weiß, daß Katzen in der Nacht grüne Augen haben, aber dieser hatte rote, und er wollte sie nicht vorbeilassen, aber auch nicht zurück, und so sahen sie sich an, aber dann ging eine Tür und der Kater lief fort, die Treppe hinauf, und sie lief den Korridor hinunter, zu seinem Zimmer – wessen Zimmer? – Zimmer 29, sagte Nadine, es konnte auch 26 gewesen sein, das ist doch ganz egal, 26 haben wir, sagte Dombrowskij, egal, und dort war dann der Engel an der Decke, ein furchtbarer Engel mit einem Schwert in der Hand, er sagte, das sei nur der Vorhangschatten und die Laterne vom Steg – wer sagte das? Neunundzwanzig, sagte Nadine, aber es war nicht wahr, denn wie kommt ein Vorhang zu einem Schwert?

Entschuldige mal, sagte jetzt Dombrowskij, stand auf und dachte nicht mehr ans Kofferpacken, was hattest du mitten in der Nacht in 29 zu tun, das heißt, mitten in der Nacht kann es nicht gewesen sein, denn da war ich immer da, aber am Abend, was, frage ich dich ... Nichts, sagte Nadine, und es war ja gar nicht weit, nicht einmal ein anderes Haus, nicht einmal eine Treppe, nur ein paar Schritte, das gleiche Zimmer, das gleiche Bett ...

Ehebruch, sagte Dombrowskij und setzte sich wieder, also das. Er versuchte sich vorzustellen, daß etwas Furchtbares geschehen sei, doch er glaubte es sich nicht, die Hotelatmosphäre schien alles aufzuheben, ganz wie Nadine sagte, das gleiche Zimmer, das gleiche Bett, der gleiche See vor dem gleichen Fenster ... Neunundzwanzig oder sechsundzwanzig, der Unterschied lag in einer kleinen Drehung ... Aber du sollst mir helfen, schluchzte Nadine, siehst du nicht, wie er mich verfolgt? Er hat mich noch keine Minute verlassen, seither ...

Der Engel oder Neunundzwanzig? fragte Dombrowskij. In seinem Gedächtnis suchte er nach Vorbildern: Ein Mann in dieser Situation, was fühlt er? Was tut er? Er tobt, er rast, er schlägt seine Frau, er steht schweigend auf und geht zum Anwalt, er verbirgt das Gesicht in den Händen und weint ... Er tat nichts von alledem, er saß nur, etwas benommen, neben dem Tisch und dachte daran, daß alles schnell gepackt werden mußte, daß er den Portier verständigen sollte, daß sie abreisen mußten.

Der Engel natürlich, weinte Nadine, und das Bodenlicht ... Ich denke, sagte Dombrowskij, es war die Laterne vom Steg? Ja nein, ja nein, schrie sie, verstehst du denn nicht? Ich rannte davon, und hier bei der Tür, wo die Schwelle ist, du weißt doch, das Licht im Boden mit dem dicken Glas darüber, das leuchtet die ganze Nacht, da gab es plötzlich einen Knall wie eine Explosion und stockdunkel, ich war nur ganz leicht mit dem Absatz daraufgetreten, alle gehen immerfort darüber, alle schwerer als ich, aber diesmal ist es geplatzt ... Und Neunundzwanzig? Ach Neunundzwanzig, sagte Nadine und holte zum ersten Mal, wie ihm schien, wirklich Luft, er könnte Hundert sein, jetzt wär' mir's egal ...

Wo ist der Engel jetzt? fragte Dombrowskij, und der Kater und das Glas? Sind sie im Zimmer? Nadine riß die Augen auf: fort, sagte sie, seit du da bist, sind sie fort. Ganz recht, sagte Dombrowskij, du bist sie los und ich habe sie. Er ging zum Schrank und holte den Koffer herunter, begann seine Anzüge hineinzulegen. Nur schade, sagte er, daß ich mir nichts aus Engeln mache und Katzen ganz abscheulich finde, besonders solche mit roten Augen, und daß ich Glas nur in Form von Gläsern schätze, und auch da nur, wenn sie einen hochprozentigen Inhalt haben ...

Unmensch, sagte Nadine. Sie wimmerte nicht mehr. Das habe ich nur wissen wollen, sagte sie, du liebst mich nicht. Wenn eine Frau ihrem Mann erzählt, daß sie ihn betrogen hat, und der Mann tut, als sei nichts gewesen, und macht sogar seine Witze dazu – hach, sagte sie, so habe ich es mir vorgestellt; ich wollte nur ganz sicher sein ...

Dombrowskij hatte plötzlich und mit Recht genug; er schlug den Kofferdeckel zu und ging wortlos aus dem Zimmer. Auf dem Korridor traf er den Kater; Dombrowskij ging in die Hocke und sah dem erstaunten Tier in die Augen: die waren weder rot, noch grün, sondern gelb. Allerdings war es nicht Nacht, sondern heller Morgen. An der Tür von Neunundzwanzig klopfte er kurz, aber hart, und während einer knappen Wartesekunde sah er vor sich die möglichen Gesichter der Gefahr, die alle auf das Gesicht des Verführers zuliefen, des zarten, festen, locker-selbstbewußten und dabei hinreißend selbstvergessenen Bel Ami. Und damit, sagte sich der Ingenieur Dombrowskij, der viel von Zahlen und nichts von sich verstand, konnte er nicht konkurrieren.

Die Dame, die ihm gleich darauf öffnete, bedauerte: in Neunundzwanzig habe seit einer Woche nur sie gewohnt, kein Herr. Er glaubte ihr (und glaubte ihr – nach einem Blick in ihre Geieraugen – auch das Bedauern). Nadine hatte wirklich phantasiert. Um das Maß voll zu machen, sagt Cyril, stolperte ein verwirrt-verstört-verärgerter Dombrowskij, der soeben beschlossen hatte, sich durch das Gefasel seiner Frau keine Minute länger von seinen beruflichen Aufgaben abhalten zu lassen, stolperte dieser Dombrowskij über das Bodenlicht, das entfernt und offenbar nur provisorisch überdeckt worden war. Von diesem Bodenlicht blieb ihm ein Zweifel zurück, sagt Cyril, ein Splitter sozusagen, der unter die Haut drang und wanderte, mal hier mal da nach außen drang und stach, vielleicht für immer stechen wird ...

»Das habe ich nicht gewollt«, sagt Nadine.

»Natürlich nicht«, sagt Cyril. »Wenn du überhaupt etwas gewollt hast, dann nur: den Ingenieur zu bestrafen, dafür, daß er den Bel Ami erschlagen hatte ...«

»Und dafür das ganze Theater?« fragt Anatol.

»Die Wege einer Frau«, sagt Cyril, »und noch dazu Nadines ...«

»... sind selten die direkten«, sagt Vladimir.

Die Erinnerung an Menaggio bringt uns auf ein Thema, das in diesem Hause noch nie erschöpft wurde (wie das in anderen Häusern ist, geht uns glücklicherweise nichts an) und das auch keine Aussicht hat, jemals erschöpft zu werden: die Schwierigkeiten des Einzelnen im Kontakt mit dem Einzelnen, wenn erst einmal feststeht, daß dieser Einzelne nichts als ein Sammelname für eine ganze Gruppe von Personen ist, eine Hilfsvorstellung. Es ist ein Faß ohne Boden, in das, wie Agathe es ausdrückt, noch manche Träne fließen wird, während Anatol jedesmal aufs neue zu dem Schluß kommt, daß die einzige Möglichkeit, die Schwierigkeiten des Kontakts zu umgehen, darin besteht, Kontakte zu umgehen; eine Behauptung, die bis heute noch niemand widerlegt hat.

»Man weiß nie, wen man antrifft«, sagt die Dombrowskaja und zeichnet Schnörkel in den Rauch, die Hieroglyphen unserer vergeblichen Begegnungen mit Dombrowskij; jeder kann jeden treffen, wir wissen ungefähr, was möglich ist: Nadine kommt vom Einkaufsbummel in der Stadt zurück und findet an Stelle ihres Globetrotters einen Buchhalter in schäbigen Lüsterärmeln vor, der von Ausgaben spricht und von Fässern ohne Boden. Belege, sagt er, seien die Grundlage jedes manierlich geführten Haushalts, was Nadine vorübergehend zum Lachen und ein wenig später zum Weinen bringt, als sie merkt, daß es ihm Ernst ist mit dieser Behauptung …

Der Globetrotter Dombrowskij dagegen, Mann von Welt und jahrzehntelang durch schöne Frauen verwöhnt, trifft unvorbereitet auf Kai, ein verdrießliches Mädchen mit zerrauftem Haar und Leinenhosen, das gerade noch im Garten gewühlt hat und nun an schmutzigen Fingernägeln kaut. Kein Wunder, daß er die Tür zuschlägt, nicht wahr, und daß die wohlgepflegte Nadine eine Stunde später im Eßzimmer einen gleichgültigen Durchschnittsmann vorfindet, der kaum die Augen hebt bei ihrem Eintritt, geschweige denn aufsteht …

Und Penny, die im ganzen Haus nach Papa sucht, begegnet statt dessen einem hilflosen Buben, mit dem sie absolut nichts anfangen kann und zieht wütend ab, während die Božena sich tröstend um ihn bemüht, ihm zuspricht, ihn streichelt und schließlich in die Küche geht, um ihm ein Glas warme Milch zu bringen … Doch leider, als sie zurückkommt, ist der Junge nicht mehr da, sondern der Monsieur, ein Herr mit hochgezogenen Augenbrauen, der sich einen Whisky eingießt und dessen spöttische Verwunderung die Božena zu einem beschämten Rückzug zwingt …

»Das kennt man doch«, sagt die Dombrowskaja, »oder nicht?«

Selbst Cyril kennt es: ist er nicht oft genug, mit einem dringenden Problem beschäftigt, auf einen Mann zugegangen, der gar nicht erst versuchte, seine Enttäuschung zu verbergen, da er ausgerechnet auf Nadine wartete? Ist nicht Agathe, im Mondschein wandelnd und in romantischen Bildern schwelgend, einer schwermütigen Person begegnet, der nur Vladimir hätte helfen können, dieweil Vladimir gerade einen Einfall gehabt hat, den er virtuos auf die Rückseite eines alten Briefes wirft: zwei einander entgegengestreckte Arme, die offenbar einen Händedruck vorhaben, was aber nicht möglich ist, da aus jedem Handgelenk nicht *eine* Hand, sondern ein ganzes Bündel von Händen wächst und jede davon nach einer bestimmten Hand des Partners trachtet, die aber ausgerechnet nach einer anderen zielt …

Ein lustiges Bild, auf das die verschiedenen Dombrowskijs jedoch sehr unterschiedlich reagieren: der Kunstliebhaber D. findet es vorzüglich, der Ehemann D. dagegen wird nachdenklich und sagt nach einer Pause des Besinnens: Ich frage mich nur, aus welcher Entfernung du uns siehst … während die melancholische Person aus dem Mondschein das Blatt umdreht und auf der Rückseite einen von ihr selbst verfaßten Liebesbrief erkennt, das trifft sie tief. Weshalb Nadine, die von alledem nichts weiß und ein wenig später ihren Liebling sucht, einen verbitterten Menschen findet, der, als sie ihn küssen will, den Kopf wegdreht und die Schultern zuckt: spar dir das … – Tatsächlich, man kennt das. Wir seufzen im Chor, Vladimir ausgenommen.

»Alles durch diesen einen Mann«, sagt Anatol, »das werde ich nie begreifen.«

»Die Leute aus den kleinen Häusern«, sagt die Dombrowskaja, »sind die einzigen, mit denen man leben kann, aber die Leute aus den großen Häusern sind die einzigen, mit denen man leben möchte.

Und dann gibt es noch die anderen, mit denen man weder leben kann noch möchte, das sind die, die allein sind in einem großen Haus.«

Wir denken an Dombrowskij, wie er zu Anfang von Nadines Bekanntschaft war, der Diplom-Ingenieur, der alle anderen Dombrowskijs niedergemacht, ausgelöscht, vergessen hatte, weil sie ihn in seinem Aufstieg hemmten, und der nun, oben angelangt, sich plötzlich umsah und etwas vermißte: Da war doch noch wer? Die geknebelten, gefesselten, bewußtlosen Dombrowskijs fielen ihm ein, die er in seinen Kellern und Speichern verstaut hatte, und eine Zeitlang vermied er es, nach Hause zu gehen, er reiste in der Welt herum und suchte Nadine, wie er später zu Nadine sagte, doch die Dombrowskaja glaubt das nicht, sie glaubt, daß er nichts als eine Begleitung suchte, eine Frau mit Mut und Phantasie, um seine Angst zu teilen.

Schon beim Eingang, sagt die Dombrowskaja, roch es nach Leichen, jedenfalls schien es Dombrowskij so, als er mit Nadine zum ersten Mal sein Haus betrat, er sah sie von der Seite an und versuchte, ihrem Erschrecken zuvorzukommen: Es riecht ein wenig modrig hier, sagte er, das kommt, wenn man jahrelang unterwegs ist und niemals richtig gelüftet wird ... Das wird sich sehr schnell ändern ... Nadine merkte nichts; sie hatte die Welt der Frau entdeckt. Du unsre Güte, welch ein Flitter! Was hatte sie da verpaßt! Das hatte sie nicht geahnt. Im gleichen Maße wie Dombrowskij sein Inneres begreifen lernte, griff sie nach dem Äußeren: Schmuck, Parfüm und Spitzenwäsche, ihr eigener, noch unbekannter Körper, die Spiegelung in Dombrowskijs Augen ... Sie feierte Auferstehung, jeden Morgen.

Nadine im Taxi: kaum ist sie eingestiegen, zieht sie auch schon ihre Puderdose hervor, zupft an der Frisur, fährt mit dem kleinen Finger den unteren Lippenrand entlang, wendet den Kopf zur Seite und betrachtet die Form ihres Ohres, den Schwung ihrer Wimpern – als sei dies ihre einzig natürliche Beschäftigung, von der sie durch die Gegenwart anderer widerrechtlich abgehalten wurde und zu der sie nun mit großer Selbstverständlichkeit zurückkehrt ...

»Unerträglich flach«, sagt Cyril, »eine Nadine ohne den Hintergrund von Anatol. Aber so: eher lustig.«

Über Dombrowskij gehen die Meinungen weit auseinander, viel weiter als bei Jeremy zum Beispiel, oder bei Viola, mit denen uns eine innere Verwandtschaft verbindet, in denen wir manchmal Vladimir, manchmal Anatol erkennen und die uns deshalb unverlierbar scheinen. Dombrowskij dagegen ist uns fremd, was seinen Reiz und seine Gefährlichkeit ausmacht, er war immer nur da, wenn er da war, und als wir uns von ihm trennten, ließen wir ihn zurück.

In Vladimirs Galerie ist der Diplom-Ingenieur Dombrowskij als ›der Schlafwandler‹ vertreten, als ein Mann, der mit nachtwandlerischer Sicherheit die Erde verändert, Pläne entwirft, Brücken baut, Bergwerke erschließt, Flugzeuge besteigt, Schecks unterschreibt, Berechnungen signiert, Staudämme besichtigt, Bohrstellen markiert ... Termine festlegt, Kalendern gehorcht, Diktaphone beschäftigt, Dezimalpunkte setzt ... Ein Elektronenhirn, das Zahlen spuckt, wenn man ihm Fragen füttert, nein, Zahlen spuckt, wenn man ihm Zahlen füttert, solche auf großen Scheinen, ein käufliches Genie ... Ein Mann, der hin und wieder weiß, daß er all dies nur im Schlafe tut, so wie ein Träumer seinen Traum als Traum erkennt, dann aber ungehindert weiterträumt, und der, wie alle Träumer, schließlich doch erwachen muß, wenn auch nicht für lange.

Der Schlafwandler Dombrowskij erwacht an einem Novembernachmittag auf dem Clubsofa eines Zimmers, in dem soeben eine Konferenz stattgefunden hat, das noch von hochbezifferten Ideen knistert, von denen jede einer stählernen Wirklichkeit entspricht, die er plötzlich nicht mehr anerkennt: Er weiß, daß er alles nur geträumt hat. Wirklich dagegen ist seine erbärmliche Einzelexistenz, das Haus, in dem der ganze Dombrowskij-Klan schmählich zugrunde gehen mußte, nur um dem einen, dem Zahlenhirn, zur Macht zu verhelfen ... Er sieht es überdeutlich; er ist noch nie so wach gewesen.

Er sieht auch, wie die Sekretärin hereinkommt, vorsichtig das Clubsofa umschreitet und nach einem Blick auf sein endlich erwachtes Gesicht den Finger an die Lippen legt und einem an der Tür stehenden Besucher Schweigen bedeutet: Jetzt nicht, er schläft, man muß ihn in Ruhe lassen, er hat es dringend nötig ... Und sekundenlang meldet sich der totgesagte Schelm Dombrowskij und gibt einen langgezogenen Schnarchton von sich.

Ein wenig später, und immer noch so wach wie nie, geht er durch den Nieselregen und sieht zum ersten Mal statt fehlerhafter Architektur lebendige Gesichter, nicht minder fehlerhaft, doch wandelbar. Vor einem Kaffeehausfenster, unter triefenden Bäumen, bleibt er stehen, einem Gesicht zuliebe, das sich unter seinem Blick zu wandeln scheint, ein Vorgang, der ihn fasziniert. Dombrowskij tritt ein; von einem kahlen Zweig fällt jetzt ein Tropfen.

»Das war der Anfang vom Ende«, sagt Anatol.

»Nur von deinem«, sagt Nadine. »Gott sei Dank.«

»Von da an ging alles ins Seichte.«

»Von da an wurde es hell. Nicht wahr?« Nadine sieht sich nach Unterstützung um, doch wir tun, als ob uns dieser Streit nichts anginge, keiner nimmt Partei. »Vergeßlich seid ihr«, sagt Nadine, »sonst wüßtet ihr noch, wie unerträglich er war, gerade dort in dem Café, in seiner letzten halben Stunde, bevor Dombrowskij kam ...«

Allerdings.

Anatol in seinem letzten Stadium, nachmittags in seinem Stammcafé. Er hat, wie alle Tage, eine Zeitung mitgebracht, die er zusammengerollt in der Hand trägt, ein wenig vom Körper weg wie ein glühendes Rohr und ohne große Hoffnung, sie zu lesen: bisher hat er es jedesmal umsonst versucht. Er setzt sich in die Nähe des großen Fensters, durch das er Menschen sehen kann, von denen er nichts weiter erwartet, als daß sie ihm ein harmloses Bild des Lebens vorspielen, Alltag, Geschäftigkeit, sowie die kahlen Zweige eines Baumes, dessen Namen er nicht kennt, weil er ihn nie mit Blättern gesehen hat; im Sommer nämlich war Anatol noch kein Kaffeehausgänger, sondern ein Mensch, den es um diese Tageszeit zur Arbeit trieb.

Er hat die Zeitung auf den Tisch gelegt und seine Hand daneben, um an der kühlen Sicherheit des Marmors teilzuhaben. Doch schon der erste Blick ist ein Treffer: »Erdbeben, 40 Tote.« Nein, es ist zu früh zum Zeitunglesen, er hat noch immer nicht gelernt, seine Phantasie zu beschränken, sie nimmt ihn mit, in eine orientalische Kleinstadt, weißgekalkte Mauern, Lehm, die Sonne heiß, ein unbewegter Himmel, da grollt es schon, ein ferner Donner, ein naher Donner, schon verrückt sich die Optik, Linien stürzen, Flaschen bersten, Balken splittern ... Er geht auf der Straße, er steht in einem Hausgang, sitzt in einem Hof, liegt auf einem Bett, auf einem Lehmboden, einer Matte ... Wo er auch geht, steht, liegt – es trifft ihn, Holz, Lehm, Stein, Eisen, was Gewicht hat, trifft ihn, auf alle Arten, dumpf, stechend, brüllend ... Vierzig Mal.

Der Kaffee ist gekommen, Anatol greift nach dem Wasserglas, er wischt sich die Handflächen mit dem Taschentuch trocken, klammert den Blick an einen dreispaltigen Staatsbesuch, den er sich auch wirklich ohne Schaden vorstellt, allerdings auch ohne Profit ... Er fühlt sich besser, doch er weiß sehr gut, daß er jetzt nicht weiterblättern darf: ein Blick auf Seite drei allein ist ein Blick auf eine Welt, in der zu leben Anatol nie gewagt haben würde, wenn sich ihm je die Frage gestellt hätte. Selbst den Sportteil kann er sich nicht leisten, er weiß, was da zu lesen ist: »... nahe am Sieg« und »... Runde zu Boden.« Bestie gegen Bestie, der Ringrichter eine von Bestien bestellte Bestie, Bestien im Zuschauerraum, auf den Tribünen: jauchzend. Würger, Amok, Familientragödie. Anatol steht in einem Siedlungshaus, mit einem Messer in der Hand, er wartet, bis der alte Vater in die Stube tritt, er rennt ihm das Messer zwischen die Rippen, wischt sich die Hände ab, geht in die Küche nebenan und setzt sich an den Tisch, sagt zu der alten Mutter: »Hin isser«, und die Alte kommt auf ihn zugelaufen, den Suppentopf in der Hand, die Augen auf seine Lippen gerichtet, weil sie fast taub ist, »ja aber«, sagt sie, »die magst du doch sonst so gerne ...« Und Anatol neben dem kleinen Buben auf der Dorfstraße: »Hol mir eine Limonade«, sagt er, »hier hast du Geld, und bring sie mir ins Haus, dann kriegst du noch was ...« und sitzt dann in seiner Kammer, einen merkwürdig weißen Blick auf die Tür gerichtet, in der das Opfer gleich erscheinen wird, die Limonadenflasche in der kleinen roten Hand ... Und so weiter und so weiter, jeden Tag und überall, kein Ende zu erwarten ...

Er hat die Zeitung auf den Stuhl gelegt, nun sieht er, wie aus den Innenseiten die rote Farbe quillt, die erste Seite tränkt, den Staatsbesuch überschwemmt, sich am Rande sammelt und auf den Boden tropft ...

Dies war sein letztes Stadium, nachmittags in seinem Stammcafé: ermattet von seinem Kampf gegen Tagesnachrichten, denen er nicht gewachsen war, unfähig, sich zu entziehen, und doch schon erhellt von Nadines künftiger Gegenwart, die ihm Gedanken eingab wie diese: Es ist nicht gut, allein zu sein. Vom Alleinsein kommt die dünne Haut: Batist, Chiffon und Gaze. Anatol staunte, er hatte sich diese Kenntnisse aus der Textilbranche nicht zugetraut. So dünn bleibt keine Haut, die sich täglich an einer anderen scheuert. Der ständige Prozeß des Verhärtens und Erweichens: Vorwürfe und Forderungen einerseits, Streichelhände und Zutraulichkeiten andererseits – dieser Vorgang macht eine Haut zwar dehnbar doch auch dicker: Wollrips, Jersey, Gabardine ... Ohne Zweifel war es Anatols Chiffon-Zustand, der alles weitere möglich machte.

Er trank von seinem Kaffee, zündete sich eine Zigarette an, schlug die Beine übereinander und legte den Kopf schräg und ein wenig zurück: so konnte er einen Tropfen beobachten, der draußen vor der Fensterscheibe an einem Ast entlanglief und dann hängenblieb; er fragte sich, für wie lange.

»Wie könnten wir das vergessen«, sagt Cyril, »es gehört zu unseren nobelsten Erinnerungen, und zu den nachhaltigsten.« Nadine will das nicht wahrhaben. Wie immer, wenn sie nicht weiter weiß, beruft sie sich auf die Zeit:

Wie kommt es, fragt sie, daß eine vorübergehende Erscheinung wie Anatol, ein Albdruck, sagt sie, ein Fiebertraum, die gleichen Rechte haben soll wie sie, die doch so lange Zeit das Haus vertreten hat ...

Gegen so viel Naivität ist nichts zu machen, selbst Cyril verzichtet auf eine Belehrung, von der er sich nichts verspricht, und nur die Dombrowskaja versucht es noch einmal. Halblaut stellt sie eine Rechnung auf, die Nadine von ihren Vorstellungen befreien müßte, wenn sie das nur zulassen wollte: eine ganze Schulzeit ging in zehn Minuten vorbei, eine lange Ehe in einer halben Stunde, dagegen verrannen Jahre an einem Nachmittag um drei vor einem Marmortisch und einer Tasse Kaffee ... Schon ist sie wieder bei ihrer Lieblingsidee: »Begegnungen«, sagt sie zu Nadine, »sind das einzige, was zählt. Alles weitere ist immer nur Abwicklung, Verlauf. Es verläuft sich, verstehst du, oder es führt zu einer neuen Begegnung, die dann schon wieder alles folgende enthält. Wenn du es bei dem Augenblick der Begegnung beläßt, dann hast du drei Viertel des ganzen gehabt, und zwar die besten.«

»Das kannst du nicht beweisen«, sagt Nadine.

»Denk nach«, sagt die Dombrowskaja.

Auf der Netzhaut eines fremden Mannes war zum erstenmal Nadines Bild erschienen; ganz neu war sie. Er hatte sie erblickt, durch eine Fensterscheibe, auf einem Sessel der bequemen Sorte, vor einer Tasse Kaffee und einem Glas Wasser, in einem roten Kostüm mit übereinandergeschlagenen Beinen, eine Zigarette in der Hand, den Kopf schräg und ein wenig zurückgelegt, so daß sie einen Tropfen verfolgen konnte, der sich an einem Zweig vor der Fensterscheibe zum Fallen vorbereitete, und, um dem fremden Blick zu begegnen, die Augen senken mußte.

Noch wußte sie nichts von sich; es war ein Augenblick göttlicher Leere. Einen Moment weiter, und sie würde anfangen, sich zu besinnen, würde eine Umgebung, eine Herkunft, eine Vergangenheit besitzen, es schuf sich alles blitzschnell aus dem Nichts und hielt sie fest im Netz der Bezüge, die sie im Augenblick nicht einmal ahnte: wer war sie? Nur eine, die betrachtet wurde, eine, die schweben könnte, wenn er sie nicht in diesem Sessel sähe, eine, die für den Bruchteil einer Sekunde keinen Boden unter den Füßen braucht, so schwerelos ist sie, so frei.

So sollte es bleiben. Wenn er wegsehen wollte? Doch er sah nicht weg; schon fing Nadine an, Nadine zu werden, die Gegenstände gruppierten sich, ihr Kopf bekam ein Gesicht, das Ursprünge hatte, sie wehrte sich ein wenig, war aber schon umzingelt, die Gegenwart erschien ihr als eine Insel aus kreisrundem Marmor, mit nichts als einer Tasse Kaffee und einem Glas Wasser beladen; was frei blieb, war die Schneise ins Futur, doch selbst dort begann es schon zu sprießen, Nadine ergab sich. Sie wandte ihren Blick zu dem Tropfen zurück, sie belauerte seinen Fall.

»Ein Augenblick wie dieser ...«, sagt die Dombrowskaja, und Nadine muß einsehen, daß da mit Uhrzeit nichts zu messen ist. Auch Anatol ist ein Beweis: er hat den Fall nicht mehr erlebt, was ihn betrifft, so hängt der Tropfen da für immer. Doch der Tropfen fiel, Signal einer provisorischen Endgültigkeit; aus Anatol wurde Nadine und aus dem Fremden vor dem Fenster Dombrowskij, ein Mann, der viel gesehen und sich dann entschieden, und, was den Tatbestand so wichtig machte: für Nadine entschieden hatte.

Jahrelang der Marmortisch; Kaffee, dem ein zweiter folgte und schließlich ein Remy Martin ... Wände, die sich hoben und Durchblicke freigaben, die Schneise ins Futur, die immer breiter wurde, bis sie die ganze Sicht einnahm …

»Wer hätte das gedacht«, sagte Dombrowskij.

»Keiner«, log Nadine. Langsam nur, zögernd, verließen sie das Café, draußen war es kühl, und es wurde noch kälter. Nadine steckte die Finger in einen Muff, sie saßen im Auto, und der Schnee strömte in spitzen Wirbeln auf sie zu, Nadine trat auf eine Pfütze, und es knackte, Spinnwebsprünge liefen von ihrem Absatz davon, sie erschrak, doch Dombrowskij zeigte ihr lachend, daß es nichts als eine flache Pfütze war und keinerlei Gefahr, die Sonne schmolz den Schnee, Tropfen liefen an Zweigen entlang und hatten es eilig, sich fallen zu lassen, als der Liguster grün wurde, hielten sie sich an den Händen, Nadine summte und Dombrowskij pfiff ein wenig, dann krochen in den Anlagen die Blätter aus, und sie gingen schneller, weil sie plötzlich viel zu erledigen hatten … Die Straße, die sie erreichten, war schon vom Juli geröstet, Nadine blieb vor den Auslagen stehen, bis er sie weiterzog, selbst stehenblieb, bis er von ihr weitergezogen wurde, so zogen sie einander durch die leere Hochsommerstadt, die Schaufenster, geblendet von den grellen Fassaden ihrer Gegenüber, hatten den Blick ins kühle Innere ihrer Läden gerichtet; das hinderte sie nicht, einzutreten, auszuwählen, mitzunehmen, »Sie werden an mich denken«, sagte die Verkäuferin, »denn diese Matratze ist so haltbar, daß Sie auch noch in dreißig Jahren darauf liegen werden …«, und schon kommt ein Riß in den Traum, er platzt aus den Nähten und gibt seine Füllung aus Roßhaar und Schaumgummi preis, ratlos steht Nadine vor dieser Zahl: dreißig? Was sind dreißig Jahre? Aber Dombrowskij wischt auch diese Gefahr beiseite, er winkt mit Formalitäten, die zu erledigen sind, im Nu ist der Traum vernäht, sie müssen jetzt eilen, daß sie vor Dienstschluß noch die Behörden erreichen, ihr »Ja« sagen, ihre Unterschrift setzen, das Flugzeug nach dem Süden hat schon die Propeller angeworfen, ein Atemzug Meer an versalzenen Klippen, und wieder zurück, die Türen zu Dombrowskijs Haus sind weit geöffnet, es ist ein viel zu leeres Haus, dafür, daß es so groß ist, ein Haus, das lange nicht bewohnt war, vorübergehend erschnuppert Nadine den Geruch von Moder, Leichen ...

Schneller: der Ablauf der freundlichen Tage, Mahlzeiten und Gespräche, Geselligkeit und Stille, winzige Meinungsverschiedenheiten, mit Zärtlichkeiten ausgebügelt, eine Unmenge von Geschehnissen, in denen nichts geschieht, Begegnungen, die keine sind, selbst die Bekanntschaft mit den neu zum Leben gekommenen Dombrowskijs bleibt nichts als Bekanntschaft bis zu einem Tag in Menaggio, Nadine in den Armen des neuen Dombrowskij, der nun kein Ingenieur mehr ist, nur noch ein Geliebter, und der all das hält, was jener andere, der Ingenieur, versprochen hat, Nadine zwischen Rosen, Sekt, Oktober, im Besitz einer endlosen Stunde.

Und so weiter, sagt die Dombrowskaja, immer weiter: Nadines hilfloser und ein wenig lächerlicher Versuch, die Stunde festzuhalten, selbst als sie längst vergangen und die Zeit schon wieder ins Rutschen geraten war; das Leben von vorher, nur ein wenig beschleunigt und mit einem leicht bitteren Beigeschmack ...

Nun atemlos auf eine Begegnung zu, die eine ganze Kette von Begegnungen auslösen und schließlich alle verändern wird: Jeremy und Božena auf einer Bank im Park, Mitleid mit Herrenschuhen, sagt die Dombrowskaja, eine ewige Minute. Was dann nicht mehr aufzuhalten ist: der Weg im Laufschritt zu Jeremys Hotel, zweiter Stock rechts im Gartenhaus, mit Abendsonne auf Magnolien, die nur so tun, als ob sie welche wären. Dann lange nichts als

Sandra. Nun ja, das wissen wir, das ist ein ganzes Leben für sich, das hat nicht Platz auf einer Armbanduhr. Das rennt dann plötzlich wie gejagt durch einen Sommer, einen Herbst und bleibt erschöpft an einem Abend liegen: Nadines Schlafzimmer, Dombrowskijs Haus, eine wichtige Begegnung: Nadine, Sandra, Božena zum erstenmal beisammen, das kann ja doch nicht gutgehen, vorübergehend bietet sich Agathe als Lösung an, doch einer solchen Krise ist sie nicht gewachsen, im letzten Augenblick erscheint die Dombrowskaja ...

... Jetzt spult sich alles so rasend ab, daß man die Details kaum noch unterscheiden kann: Nadine im Kampf gegen Sandra und Božena, mit niemandem als Penny auf ihrer Seite und Agathe als einzigem Ruhepunkt, der jedoch, wie eine schwindende Narkose, langsam durchlässig wurde; sie spürte schon den Zug.

Nadine beim Nachhausekommen an der Schwelle zu Dombrowskijs Zimmer: sie ist glücklich, ihn wiederzusehen, sie streckt ihm die Hände entgegen, und einen Moment lang glaubt sie, daß alles in Ordnung ist, alles gut werden muß, weil Dombrowskij, so wie er da an seinem Schreibtisch sitzt und sie anlächelt, alles ist, was sie sich von einem Mann erhofft, erträumt – sie, Nadine, würde ihr Leben lang mit diesem einen zufrieden sein – aber da sieht sie ihre ausgestreckten Hände und das Päckchen, das an einem Handschuhfinger baumelt: Sandras Parfum, Ambra und Myrrhe, ein Duft, bei dem Dombrowskij sich nur schütteln würde, weil er die Frische und die Gräser liebt ... Ein Duft für Jeremy.

Nadine läßt die Hände sinken, das Zimmer ist plötzlich voller Scherben, bei jedem Schritt muß sie in Scherben treten, sogar in ihrer Stimme ist das Klirren, als sie ihn jetzt begrüßt, mit Worten, die gerade noch die Wahrheit meinten und nun schon nicht mehr stimmen ...

Die ruhelosen Nächte oben in Nadines Zimmer, wo Sandra auf Katzensohlen über den Teppich schleicht, Božena Zärtlichkeiten flüstert und Nadine sich mit zehn gelackten Fingern in die Haare fährt, seufzt, stöhnt, sich wälzt und aufwacht wie tot.

Wieder eine Begegnung: die Dombrowskaja an der Tür zum Frühstückszimmer. Sie ist gerade eingetreten, zum erstenmal in ihrem Leben, das soeben begonnen hat, und in das sie die Erinnerungen ihrer Vorgängerinnen mitbringt (die von Nadine, Božena, Sandra, Agathe, wie die der anderen), ohne daß sie es nötig hätte, sich mit ihnen zu identifizieren: sie ist ganz neu und unabhängig, von keinem Gefühl geblendet, von keiner Gewohnheit korrumpiert.

Was sie sah, gefiel ihr, ohne sie zu begeistern: die angenehmen Proportionen des Raumes, die von Gardinen filtrierte Helligkeit, die Möbel im Hause eines Ingenieurs. Der Tisch war an der Tür gedeckt, die zur Terrasse führte, das Porzellan verriet die Einmischung Agathes, während die Speisen an Nadines umsichtige Weltlichkeit erinnerten: zwei Sorten Schinken, Käse, Toast und weiche Eier, Kalbsleberwurst und Orangenjam, Kaffee und Tee. Dazwischen eine aufgerichtete Tageszeitung.

»Guten Morgen«, sagte die Dombrowskaja. Die Zeitung senkte sich, der Mann, der dahinter gesessen hatte, stand auf und sagte »Guten Morgen«.

Dies also war Dombrowskij. Sie erkannte, undeutlich, weil er mit dem Rücken zum Licht stand, seine Züge, die ihr weder vertraut noch unsympathisch erschienen. Ein gut aussehender, ein wohlerzogener, ein intelligenter Mann. Flüchtig erwog die Dombrowskaja, daß es nicht ohne Reiz sein mochte, mit diesem Manne Freundschaft zu schließen, doch der Gedanke an die Konflikte, die sie durch ihr Erscheinen gerade erst gelöst hatte, hielt sie zurück.

»Willst du dich nicht setzen?« fragte Dombrowskij.

»Ich glaube, nicht«, sagte die Dombrowskaja. Sie sah, auch gegen das Licht, daß er jetzt eine Maske trug. Er faltete sorgsam die Zeitung zusammen, als sei die Beschäftigung mit den Tagesnachrichten für ihn ein für allemal vorbei. Die Dombrowskaja fragte sich, wen er vermißte: er hatte nur Nadine gekannt; er wußte nichts von Božena, hatte nichts von Sandra wissen wollen. Jetzt, an diesem Frühstückstisch, schien es, für den Bruchteil eines Augenblicks, als riefe er nach Božena. Sie kam auch sofort, wie immer, wenn sie gerufen wurde, doch es war schon zu spät: die Dombrowskaja wischte sie fort. Božena hereinlassen, das hieße: alles noch einmal beginnen und alles noch einmal so enden zu lassen.

»Es ist genug«, sagte die Dombrowskaja. Keine außer ihr hätte dieses Wort gewagt. Dombrowskij sah auf, und in seiner Maske erschien ein Sprung, den die Dombrowskaja zu hören glaubte: ein alter Schrank bei Nacht, ein Krug voll Eis.

Zorn ist in seinen Augen, als er zu sprechen beginnt, Enttäuschung und der Wunsch, zu vernichten. Er spricht in Bändern, die aus seinem Mund quellen, sie flattern im Wind, der vom Fenster kommt. Der Vorhang des Gesprochenen hängt zwischen ihnen, durch die Lücken hindurch versucht er, sie zu sehen, er wehrt mit der Hand die Bänder ab, dreht den Kopf, reckt sich ... Er findet sie nicht mehr und erschrickt; in plötzlicher Panik versucht er, den Wust der Bänder zu zerteilen, mit hastigen Schwimmbewegungen rudert er durch das Zimmer, es ist sinnlos, er verheddert sich in Worten und Satzfetzen, sie umschlingen ihn wie Polypen, ergreifen seine Arme und Beine, winden sich um seinen Hals ... Schon ist er gefesselt, er will umsinken, doch er kann nicht einmal das, die Wand in seinem Rücken federt, das Gewebe stößt ihn sanft zurück, er taumelt, wird aufgefangen, zurückgefedert – er spricht nicht mehr, er stöhnt nur noch und ächzt, neue Bänder voll Stöhnen und Ächzen, dann schweigt er endlich.

Ein Windstoß reißt ein Loch ins Zimmer, die Dombrowskaja sieht, wie er versucht, das Band zurückzuschlingen, wie er würgt ... Es gelingt ihm nicht, sein Atem ist zu kurz, jeder Atemzug reicht nur für ein paar Buchstaben, er wird Jahre brauchen, den Inhalt dieses Zimmers in sich zurückzuschlingen, und Jahre hält er nicht aus, die Dombrowskaja weiß es, so lange wird er nicht schweigen können, statt dessen wird er wieder zu sprechen anfangen, bis zum Ersticken ...

Sie ist bis an die Wand zurückgewichen, nun bewegt sie sich an der Tapete entlang, bis sie am Ellenbogen die Türklinke spürt. Sie öffnet die Tür, der Luftzug reißt sie ihr aus der Hand und schmettert sie gegen die Wand, das Gewirr der Bänder gerät in Bewegung, auf das Fenster zu, die Masse fließt ab. Sie sieht ihn wieder im Zimmer stehen, erschöpft, doch befreit, er schaut seinen Worten nach, das Zimmer ist leer. Sie tritt in den Luftstrom der offenen Tür, wendet sich noch einmal um: »Nun gehst du«, sagt er. Dieses winzige Stück Band, das eine Sekunde lang an seinen Lippen flattert, noch fragend, dann, von seinen Zähnen abgeschnitten, im Sog des Fensters nach draußen verschwindet, ist das letzte, was sie von ihm sieht.

Dies ist die Sorte Abschied, die uns zum Träumen bringen kann, nein könnte, denn in diesem Augenblick ist schon Penny da, ein Bild aus Zorn und Jammer, sie saust wie ein Kreisel über den Teppich und schreit uns dabei Vorwürfe zu: »Ihr seid schuld! Ihr habt ihn umgebracht! Er war mein Papi und ihr habt ihn fortgeschickt! Jetzt werd' ich nie, nie wieder einen Papi haben!« Sie läßt sich auf den Boden fallen und kriecht heulend zur Tür. Dort verstummt sie plötzlich, richtet sich auf, läßt zunächst nur ihre Blicke sprechen und fügt dann hinzu: »Wenn ich euch anschau', friert's mich in den Augen!« Mit diesen Worten verläßt sie uns, doch nicht für lange, wie wir fürchten.

Penny. Die Gemütsverfassung dieser Kreatur ist beängstigend; Terror und Zerstörung scheinen ihre einzigen Ziele zu sein. Wir haben sie lange Zeit nicht gesehen und einig wie selten gehofft, daß wir sie für immer losgeworden sind, doch nun hören wir ihr Gewimmer im Treppenhaus und sehen sie gleich darauf wieder in der Tür: mit dicken Verbänden um Kopf und Hände, ein herzzerreißender Anblick, auf den wir nicht mehr hereinfallen. Wir kennen ihre Verlogenheit, es ist alles Theater.

Penny geht durch das Zimmer, als bemerke sie uns nicht, und summt dazu ein Liedchen, das sie sich eigens für diesen Auftritt ausgedacht hat:

»Mit dem Kopf durch die Wand
Und am Ofen verbrannt –
Eure Welt ist ein Loch voll Gefahren,
Alle lügen mir vor,
Schrei'n mir Märchen ins Ohr
Und vergessen, was sie einmal waren ...«

Vladimir applaudiert, weil er die Darbietung genießt, aber die Božena läßt sich auch diesmal wieder erweichen, sie zieht die Kleine an sich und tröstet: »Ach du armes Armes! Aber warte: bis du groß bist, ist alles wieder gut!«

Darauf hat Penny nur gewartet; sie reißt sich los, wirft sich auf den Boden, wobei sich zeigt, daß ihre Verbände nur Attrappen sind, und äfft dabei die Božena nach: »... ist alles Alte dut und nur noch Neues bös ...«

»Jetzt Schluß mit dieser Show!« brüllt Cyril, der als

erster die Nerven verliert. Penny weiß nicht, was eine Show ist, schließt aber aus dem Ton auf ein Schimpfwort; sie kriecht unter den Tisch und schmollt.

»Schließlich ist sie nur ein Kind«, sagt die Božena. Dabei hat sie am meisten unter Penny zu leiden.

Die Božena braucht nur ein Baby zu erwähnen, das sie im Park gesehen hat, »so ein entzückendes Kerlchen mit Kulleraugen und einem Knollennäschen«, da ist auch Penny schon zur Stelle und murmelt ihre Litanei: »Man hat mich in die Welt gesetzt, man hat mich nicht gefragt, man hätte mir das nicht antun dürfen, man darf es auch keinem anderen antun, man muß es bleiben lassen ...« Doch die Božena wird immer wieder das Opfer ihres eigenen Mitgefühls.

»Letzten Endes ist sie nicht verantwortlich ... Im Grunde ist nur die Umgebung schuld ...«

»Wo ist der Grund, wo ist das letzte Ende?« heult Penny unter dem Tisch hervor, »ich möchte auf den Grund und an das Ende!« Wir haben Mühe, sie zum Schweigen zu bringen; an Erziehung denken wir längst nicht mehr: Sie hatte Zeit genug, zu lernen, und weil sie nicht lernen will, muß sie ihre Erfahrungen machen, immer und immer wieder.

Vladimir hat Penny in einem Sketch auf ihrem Kinderstühlchen dargestellt, einen Dutt mit roter Schleife mitten auf dem Kopf und den Teddybären Petzi im Arm. Die Mamá rührt in einem Milchtopf auf dem Elektroherd und lauscht dabei verzückt dem Singsang ihres Töchterchens. Penny singt mit dünner Stimme:

»Ich spür' in mir die Katastrophen reifen,
Der Tag war lang und endlich geht's bergab;
Mein Herz ist schwarz wie ein Lakritzenstreifen ...
Ich lern' jetzt pfeifen, um auf euch zu pfeifen,
Weil ich sonst leider keine Waffe hab' ...«

»Was für ein musikalisches Kind!« ruft die Mamá; sie hebt neckisch den Zeigefinger: »Horch!« Aus dem im Küchenbuffet eingebauten Radio erschallt der Babysitter-Boogie, bricht aber mitten in einem gedehnten Quaken ab. Penny reckt sich in ihrem Stühlchen, als wolle sie in den Kochtopf sehen, und fragt: »Mamá? Ist Sterben traurig?«

»Sehr traurig, mein Kind.«

»Mamá? Warum muß man sterben?«

»Das ist noch nicht erforscht, mein Kind; es ist halt so.«

Das Radio quäkt wieder ein paar Takte lang, die Frau beugt sich über den Topf, um zu sehen, ob die Milch schon steigt. Dann wieder Penny: »Mamá?«

»Ja, Kindchen.«

»Müssen wir alle sterben?«

»Aber ja doch, mein Kind, das ist ja unser Unglück.«

Penny wirft den Bären auf die Erde, packt die Chromleiste des Herdes und starrt der Mutter mit einem ungläubig-drohenden Ausdruck ins Gesicht, den nur sie fertigbringt: »Mamá – aber ich doch nicht?«

»Doch, doch, mein Kleines, du auch.«

Penny läßt den Herd los, lehnt sich, soweit es geht, in ihrem Stuhl zurück, betrachtet die Frau aus perfide geschlitzten Augen: »Ach nein! Und das hast du gewußt?«

»Gewußt?« Die Mutter staunt jetzt. »Wann gewußt?«

»Bevor du mich bekamst«, sagt Penny.

Die Hand der Frau läßt den Kochlöffel fallen, der Mund stammelt noch ein wenig: »Ich – ja – wieso –«, dann bleibt er offen.

Das Bild erstarrt in der Bewegung, sogar der Dampf über dem Topf bleibt stehen, dann tobt und jubelt aufs neue der Babysitter-Boogie aus dem Apparat, gleichzeitig schäumt die Milch aus dem Topf und überschwemmt den

Herd, den Boden, die beiden Figuren, bis alles eine einzige weiße Fläche ist ...

»Ganz gut gemacht«, sagt Cyril.

Und Penny sagt: »Is' alles Quatsch un' Käse.«

Penny beim Damenkränzchen: sie brachte ihren Federhalter mit, den sie besprochen hatte – ein Druck, und die Feder sandte giftige Pfeile aus, haardünne, fast unsichtbare, daher auch nicht spürbare, aber unfehlbar tödliche Pfeile, einen pro Person.

»Gib Händchen, sag schön guten Tag!« So viele Händchen, so viele schöne gute Tage. Knickse macht Penny nicht, im äußersten Notfall verbeugt sie sich: »Sie ist ja auch ein halber Junge. Sie sollten einmal ihre Knie sehen!« Penny nennt dies die Todesrunde; sie hat ihren Federhalter bereit. Kaum haben sich die Damen wieder ihren Tassen zugewandt, legt sie auch schon die Waffe an: Sie schießt wie ein Sioux, den Pfeil an der Schulter, der Zauberspruch muß den Bogen ersetzen. Ein Pfeil pro Person, nur die Mamá wird ausgelassen: sie ist keine Erwachsene von Natur, sondern mehr durch Zufall, man muß sie leben lassen.

Die Damen sind entzückt: »Puff, puff, jetzt werden wir erschossen. Ist sie nicht die niedlichste kleine Schauspielerin!«

Penny, im Bewußtsein der verschossenen Munition, läßt sich zu einer Korrektur herab: »Ich s-piele nicht s-sau, ich echte!«

»Habt ihr das gehört? Nein, ist das nicht reizend: sie spielt nicht schau, sie echtet! Das muß ich Theodor erzählen.«

Das Gift braucht lange. Die Damen essen Punschbaba und loben den Kaffee sowie das brave Kind, das, Füße ausgestreckt, in einem Fauteuil sitzt und ein Buch mit Kätzlein und Mäuslein betrachtet.

»Penny«, fragt die Mamá, »ist dir nicht gut?« Weshalb sollte Penny nicht gut sein? Den Damen sollte nicht gut sein! Doch Damen sind zäh, Penny hat es schon gemerkt: Herren wären leichter umzubringen.

Nach einer Stunde ist der Fehlschlag offenbar. Das Gift hat nicht gewirkt. Schleppenden Schritts verläßt Penny den Salon; die Niederlage wird ihr Geheimnis bleiben. Erst im Kinderzimmer gönnt sie sich Entspannung: Auf einem mit Bällen und Reifen verzierten Teppich wälzt sie sich in Ohnmacht. Der Mamá wird flüsternd gemeldet, daß Penny wieder den Koller hat. Baldrian. Nun erklärt sich wenigstens die nicht geheure Stille von vorher, das Kätzchenbuch. Die Damen beim Kaffee sind voller Mitgefühl: je sensibler ein Kind, desto schwerer die Aufzucht. Im Kinderzimmer tröstet die Mamá: »Wenn du einmal tausend Wochen alt bist, ist alles wieder gut.« Tausend Wochen sind noch zu schwer für Penny. »Oder einen Meter größer«, sagt sie, »so!«

Alles was Penny fehlt, ist ein Meter. Sie würde viel für einen Meter geben: dann müßte sie nicht mehr hinaufschauen und brauchte sich auch nicht auf fehlerhafte Zaubersprüche zu verlassen. – Die Kleine ahnt nicht, was sie sich da wünscht, denn einen Meter weiter wird Penny nicht mehr Penny sein, sondern Kai, total verwandelt, äußerlich wie innen, zumindest, was die Mordgelüste angeht, obschon uns da jetzt manchmal Zweifel kommen …

»Es ist doch ein Jammer«, sagt die Božena kopfschüttelnd, »daß uns von allen kleinen Mädchen ausgerechnet Penny geblieben ist. Wo ist nur das süße kleine Tanzbein hingekommen?«

Wir erinnern uns genau. Das kleine Tanzbein war ein mageres Ding von acht oder neun Jahren, das ganz aus Kautschuk zu bestehen schien. Eine Zeitlang füllte sie das Haus mit dem Geknatter ihrer Stepschuhe auf den Küchenfliesen, im Rhythmus einer flotten Grammophonplatte: ›Das ist Berlin, Berlin, die ewig schöne Stadt ...‹

Bis sich die Tür zum Schreibzimmer öffnete und Cyril schrie: »Das muß doch einmal aufhören! Man kommt ja nicht zur Besinnung!«

Dann verstummte das Geknatter, die Kleine setzte sich auf den Küchenboden und stopfte eifrig Watte in ihre rosafarbenen Spitzenschuhe; sie zog ein Organdyröckchen über, humpelte auf den Hacken zum Grammophon und legte den japanischen Laternentanz auf oder ein Potpourri aus der Puppenfee.

»Schade, daß sie fort ist«, sagt nun auch Kai.

Akrobatik war die Spezialität des kleinen Tanzbeins; in einem blauen Trikotkleidchen mit blauen Turnschuhen führte sie uns ihre Kunststücke vor, Rad, Brücke, Überschlag und, an einem Festtag, den wir nie vergessen werden, den einfachen Salto nach hinten; nach vorn gelang er ihr nie.

Ein lustiges Kind mit Rhythmus in den Knochen und mit großen Plänen; sie trainierte jeden Tag vor einer Nußbaumkommode, die ihr als Ballettstange diente. Streng gab sie sich Kommandos: »Fünfte Position! Elever-Halbspitz!«

»Sie hatte das Zeug zur Ballerina«, sagt jetzt die Dombrowskaja, »doch leider hat sie sich verdrängen lassen.« Ihr Blick schweift so absichtslos durch das Zimmer, daß keiner von uns sich schuldig fühlen kann, und bleibt an Penny hängen: »Sie war nicht penetrant genug«, sagt sie.

Das ganze Haus scheint plötzlich nichts Besseres zu tun zu haben, als sich um Nadines zukunftsträchtiges Unternehmen zu bekümmern. Geschöpfe, die wir schon verschwunden glaubten, tauchen auf und geben ihre Meinung ab, ungefragt natürlich, doch selten unbeantwortet. Kai etwa ist uns lange Zeit erspart geblieben. Jetzt ist sie da, halbwüchsig, kühl und gnadenlos, und beginnt, den Abschied vorzubereiten. Eine Stimme wie ein Skalpell.

»Du mußt ihn konservieren«, sagt sie zu Nadine, »das ist die beste Art, ihn loszuwerden.« Uns graut bei diesen Worten, doch der Unschuld ihres Teen-Alters haben wir wenig entgegenzusetzen. Sie ist so rein, wie sie häßlich ist, und so häßlich wie bestimmt; sie weiß, wovon sie spricht. So hat sie sich seinerzeit des Lieutenant Viola entledigt, der bis heute unser Haus mit der leblosen Schönheit eines aufgespießten Schmetterlings ziert: seine Stimme auf Band, sein Gesicht auf Fotos, sein Rasierwasser in Flaschen, dazu der Ablauf jeder Begegnung notiert – am Ende ist das Opfer nur noch überflüssiges Beiwerk seiner eigenen Reliquien, eine Bildstörung sozusagen, von der man sich erleichtert trennt.

Nun schlägt sie diese Methode für den neuen Verehrer vor: Nadine soll Souvenirs sammeln, um sie als Sargnägel zu verwenden. – Wir wollen damit nichts zu tun haben; Kai macht aus unserem Hause eine Mördergrube.

Kai, ein Mädchen in Hosen, möglicherweise auch ein Junge, ihrer Figur ist es nicht anzusehen, und sie selbst hat sich noch nicht entschieden, sie steht auf der Kippe: für immer an diesen einen Sommer genagelt, an einen ganz bestimmten Tag im Juni, an ein Barackenzimmer mit Aussicht auf Stacheldraht und Buchstaben: STIMIL FFO, oder auch umgekehrt, das hieß: außerhalb der Grenzen.

Weit außerhalb der Grenzen und auf ein einziges Gegenüber angewiesen: den Lieutenant Viola, der zunächst nichts als ein Schild mit einem italienischen Namen und danach ein Rücken vor dem Fenster war, tadellos geschneidert und ohne Knitterfalte, auf einem Hintergrund von Stacheldraht und Großbuchstaben: an seiner linken Schulter STI, an seiner rechten FFO.

Worauf warteten sie? Natürlich auf den Dolmetscher, damit der Lieutenant sie verhören konnte. »Sie wissen, daß Sie nicht befugt sind, sich in diesem Gebiet aufzuhalten ... daß Sie nicht befugt sind, sich zwischen acht Uhr abends und sieben Uhr früh außerhalb des Hauses aufzuhalten ... Sie wissen, daß Standrecht besteht ...« Standrecht, das heißt, daß man jeden erschießen kann, den man in der verbotenen Zeit außerhalb des Hauses trifft, schon gar in diesem abgezäunten Gebiet ... Man braucht ihn nicht zu verhören, man kann ihn einfach erschießen. Wenn man ihn trotzdem verhört, dann heißt das, daß man noch etwas herausbekommen möchte, geheime Aufträge, Spionage, und daß man erst, wenn man es heraus hat ...

Sie spürte Feuchtigkeit in ihren Händen und wischte

sie an der Hose ab. Sie räusperte sich; wenn er sie vergessen hatte, dann würde er sich jetzt umdrehen. Er drehte sich nicht um; er hielt die Hände in den Hosentaschen und seine Schultern zwischen STI und FFO. Unter seinem Kinn hindurch, quer über seine Kehle, lief Stacheldraht. An seinem rechten Ellenbogen, neben einem Streifen Beton, wuchs Gras, das wehte im Wind. Der Dolmetscher ließ auf sich warten.

»Ich habe Angst«, sagte Kai. »Ich – fürchte mich vor Ihnen.« Der Lieutenant rührte sich nicht. Sein tauber Rücken gab ihr Worte ein. »Das können Sie doch nicht wollen«, sagte sie, »daß ich Angst vor Ihnen habe, und ich weiß, ich werde mich gleich dafür schämen, daß ich Angst vor Ihnen gehabt habe, aber jetzt geht es noch nicht, denn ich weiß, Sie können mich erschießen lassen, Sie haben die Macht, und es ist Standrecht, nach acht muß jeder im Hause sein, aber in welchem Hause sollte ich sein, wenn ich hier fremd bin und auch keines kenne, wenn ich doch unterwegs bin? Aber das wissen Sie nicht oder Sie glauben es mir nicht. Sie haben mich einsperren lassen, und wenn der Dolmetscher kommt, werden Sie mich verhören und mir nichts glauben, und ich muß dastehen und Angst vor Ihnen haben, und es ist schrecklich, schrecklich.

Weil ich mir nämlich geschworen habe, daß ich nie Angst vor einem Menschen haben würde, gerade weil sie es einem von klein auf eintrichtern, in der Schule und überall, dieses Mißtrauen gegen die anderen: Geht nicht mit fremden Menschen mit, sie sind böse, alle fremden Menschen sind böse, aber das hieße ja, daß man selber auch böse ist für alle, denen man fremd ist, und daß man einfach dadurch gut wird, daß man ihnen bekannt wird, und das ist doch Unsinn, nicht wahr, das kann doch nicht stimmen.

Darum will ich mich auch nie wieder vor jemandem fürchten, es ist das erste und das letzte Mal, und es wäre auch gar nicht so weit gekommen, wenn nicht der Krieg ... die vielen Panzer ... und der Stacheldraht ... Aber das ist natürlich keine Entschuldigung, und Sie haben schon recht, wenn Sie mich verachten, dafür, daß ich mich vor Ihnen fürchte, als ob ich Sie für ein Raubtier hielte, es ist eine Beleidigung, verzeihen Sie, ich verspreche Ihnen auch, daß ich das nächste Mal keine Angst vor Ihnen haben werde und auch vor niemand anderem ...«

Der Lieutenant wandte sich um. Sein Gesicht lag im Schatten, aber sie sah, daß er den Kopf zurückgebogen hatte, und nahm an, daß er dazu die Brauen runzelte. Sie wischte sich noch einmal die Hände an den Hüften ab und sagte dann: »Entschuldigen Sie bitte.«

Der Lieutenant stieß ein kurzes Lachen aus, das auch ein Knurren sein konnte und fing an, auf und ab zu gehen. Damit wurde STIMIL FFO wieder lesbar, und der Raum wurde heller. Lieutenant Viola ging zu dem zweiten Fenster und sah hinaus; er kam zum Schreibtisch zurück und blieb vor Kai stehen. Sie sah: Sizilien, mehlige Straßen mit Eselkarren, Orangenbäume, Agaven, und dazwischen, in einer Mulde, das Meer; sie sah Chicago, Al Capone im Cadillac, eine Verbrecherjagd über Dächer, einen Sprung ins Nichts; sah, aber nur kurz, einen Karren mit der Aufschrift »Gelato« und einem Büschel Luftballons; sah, nein hörte, Gigli-Caruso auf strahlender Bühne ›Donna è mobile‹ schmettern: »Jetzt haben Sie sich genug geschämt«, sagte der Lieutenant mit melodiöser Stimme, jedoch in einwandfreiem Deutsch, »und im übrigen irren Sie sich: Ich könnte Sie gar nicht erschießen lassen, selbst wenn ich das wollte. Und selbst wenn ich könnte, würde ich nicht wollen, weil nämlich zuviel Schreiberei damit verbunden ist.« Es klopfte, und ein Sergeant brachte ein Formular herein. »You see what I mean«, sagte der Lieutenant. Sein Lachen erschien ihr frivol.

»Wenn Sie wollen«, sagte er, »dann können Sie hier einen Job bekommen, in der Telefonzentrale. Wenn nicht, dann machen Sie sich davon, aber lassen Sie sich kein zweites Mal erwischen!« Er schlug sich mit einem Lineal in die flache Hand und sah zu, wie Kai an den Nägeln kaute. »Sie wissen doch sowieso nicht, wohin«, sagte er, »oder täusche ich mich da.«

Kais Tagebuch aus dieser Zeit, ein Zeugnis edlen Strebens:

14. Juni

1. Zu spät aufgestanden. Trägheit bekämpfen!

2. Dieser Spiegel über dem Switchboard: damit ich mich nicht umdrehen muß, wenn jemand mit mir spricht. Aber keiner macht mit; sie reden alle meinen Rücken an, statt mein Gesicht im Spiegel. Warum?

3. Nach Dienstschluß kommt meistens der Lieutenant vorbei, bringt mir Candy oder sowas, sitzt auf meinem einzigen Stuhl, ich auf dem Bett im Türkensitz. Will alles wissen: wo ich die Familie verloren habe, wer noch übrig ist, was ich vorhabe, welche Art Leben. Ich sage: nichts Besonderes, Zigeuner. Er: daß ich ihm darum so bekannt bin. Erzählt, daß er im Wohnwagen aufgewachsen ist, Eltern bei einer Jahrmarkttruppe, hatten eine Bude, wo man mit Bällen auf Blechbüchsen wirft. Macht mich ganz neidisch.

4. Erzählt auch von seiner Freundin; Jutta. Was geht mich das an.

18. Juni

1. Mehr Disziplin! Mehr Konzentration!

2. Was geht mich diese Jutta an, daß sie dumm ist wie Stroh und auch so blond, habgierig wie ein Hamster, erst zweiundzwanzig und schon Witwe, mit allen Wassern gewaschen. Ich wiederhole nur, was die anderen sagen, kenne sie ja nicht.

3. Nägelbeißen abgewöhnen!

4. Die Wirtin denkt, ich hab' was mit ihm. Absurd, aber ich lasse sie dabei.

24. Juni

Selber schuld! Das kommt, wenn man neugierig ist. Nie wieder, aber es ist schon zu spät, hab' sie schon gesehen. Das kommt, weil ich wußte, wo sie wohnt; seither hat es mir keine Ruh' gelassen. Elend.

So schön ist sie gar nicht, es sind nur die langen Locken und weil sie blond ist und so tänzelt und die Augen aufschlägt und ihm eine große Show vorspielt.

Ich ging gerade auf der anderen Straßenseite, als sie aus dem Haus kamen, mit dem Köfferchen fürs Wochenende. Sie mußte etwas furchtbar Dummes gesagt haben, denn er lachte laut und rief: »O Jutta!«, und das ist es auch, warum es zu spät ist, weil ich das nicht vergessen kann, wie er ihren Namen sagte, weil er meinen Namen nie so sagen könnte, weil sich mein Name gar nicht so sagen läßt, weiß nicht, warum.

26. Juni

1. Mir fehlt was. Fehlt mir was? Was?

2. Der Spiegel über dem Switchboard. Vielleicht bin ich häßlich? Sicher bin ich häßlich. Telleraugen, Ponyfransen,

kein Gesicht, nur ein Rahmen für zwei feuchte Sehinstrumente. Deshalb sprechen sie auch immer meinen Rücken an. Auch sonst: schon achtzehn und noch keine Figur, fast keine; bloß Beine, und Arme wie ein Affe.

3. Die Zeitung hier sucht Volontäre, habe mich beworben. Dort muß man was leisten, und niemand schaut, ob man blond ist und wie man die Augen aufschlägt.

4. Jetzt sind sie irgendwo zum Wochenende.

3. Juli

Kribbelig. Was wird das? – Konnte auf einmal nicht mehr, schrie ihn an: Warum kommen Sie überhaupt her? Sie haben doch eine Freundin? Erst feixte er nur, dann war er eher verlegen, sagte, er weiß selbst nicht genau, vielleicht weil wir beide Zigeuner sind, keine Wurzeln, keine Ziele, so wie die Mitglieder einer geheimen Loge, die sich erkennen, etc. Sagte: damit kannst du nichts anfangen, das ist auch ganz in Ordnung, aber wenn wir am Samstag zusammen ausgingen? Kannst du damit etwas anfangen? (Weil Jutta nämlich bei ihren Eltern ist, also hat er frei.) Jetzt furchtbar nervös.

10. Juli

1. Schon vorbei. Nur Ruhe. Ruhe.

2. Wir waren in Java Junction, weil man ihn hier überall kennt.

3. Um acht dort angekommen, gegessen, dann getanzt, bis dreiviertel eins. Er hat mich bis zur Tür gebracht und auf die Wange geküßt, er sagte: »It was fun.« Wie soll man das übersetzen: es hat mir Spaß gemacht? Oder: es war ein Spaß? It was fun ... Und was sagt er zu ihr? Ach was, zum Teufel: warum bin ich so, wie ich bin? Was ist mit

mir nicht richtig? Ich bin mir selber zuwider, ein Greuel, unerträglich.

Dort auf dem Tisch hat eine Kerze gestanden, da hab' ich erst gesehen, wie schön er ist. Wie ein Römer! So stell' ich mir die Römer vor. Er war so nett, wollte mir immerzu was bestellen: Lieber noch ein Eis? Wollen wir ein bißchen tanzen? Er tanzt so herrlich, wie ein Profi, aber ich nicht, ich lasse mich mehr mitziehen, kann mich nicht anpassen, es widerstrebt mir. Er hat schon auf der Bühne getanzt, auf so einer Wanderbühne, wo die Schauspieler alles machen müssen, auch singen und tanzen, weil so wenig Geld da ist. Vielleicht wird er das später wieder machen, es gefällt ihm, sagte er, und ich sagte, mir auch, ja, das würde mir auch gefallen. »You are my girl«, sagte er und zog mich näher heran, es war dort ziemlich dunkel, nur das Kerzenlicht von den Tischen, und die Kapelle spielte ›Begin the Beguin‹, und einen fürchterlichen Moment lang fiel es mir wie Schuppen von den Augen, ich sah, daß da was Ungeheuerliches ist, das ich verpasse, wer das verpaßt, verpaßt das ganze Leben, am liebsten hätte ich mich um seinen Hals geklammert und ihn angefleht, daß er es mich nicht verpassen läßt, daß die Schuppen nicht wieder vor die Augen kommen, aber da war es schon vorbei, aus der Tanz, wir gingen zum Tisch zurück, und ich sah mich um, und alle Mädchen waren Juttas, alle mit diesem Gehabe, girrend, äugend, wiegend, das wie eine fremde Sprache ist, von der ich kein Wort verstehe, auch sicher nie verstehen werde, ich bin eine Stumme in diesem großen Palaver, das sperrt mich aus und läßt mich draußen stehen.

16. Juli

1., 2., 3. Ich muß verrückt sein. Was ich mache, im Dienst, wenn nichts zu tun ist: ich rufe ihn an. Während des Tages, wenn er nicht zuhause ist. Ich will ihn ja nicht sprechen, ich will nur, daß es läutet in seinem Zimmer, das ich nie gesehen habe. Jetzt sehe ich es, und jedesmal deutlicher: wie es sich mit Geklingel füllt, erst nur die Luft vom Boden bis zur Decke, danach, langsamer, die Schubladen und Schränke, am Ende dringt es ein; überall; der Teppich säuft sich voll damit, in den Vorhängen steigt es hoch, in den Polstermöbeln; Holz braucht ein wenig länger, es muß noch einige Male schrillen, bevor die Politur zerplatzt, in winzigen Sprüngen, wie Krakelee, und durchlässig wird ... Sein Zimmer ist betrunken von meinem Läuten, es schwankt sogar ein wenig. Das ist mein Ziel: daß er am späten Nachmittag in dieses betrunkene Zimmer tritt, sich umsieht und merkt, daß sich etwas verändert hat. Denn es hat sich etwas verändert. Vorher war es leer, nun ist es aufgeladen. Ist jemand hiergewesen? denkt er. Und langsam gibt sein Zimmer die Spannung an ihn ab, mein Läuten ...

4., 5., 6. Ich muß verrückt sein. Was ich mache, am Abend in meiner Kammer: ich bete verkehrt herum. Ich sage nicht: befreie mich von meinen Sünden, sondern: befreie die anderen von ihren Sünden und gib sie mir. Oder, wenn das nicht geht: befreie mich von den Sünden, die ich habe, und gib mir die anderen dafür, die mir fehlen. Ich biete dem Himmel ein Geschäft an, und ich lasse mich nicht lumpen: drei Sünden gegen zwei, sage ich, meinetwegen vier. Vier Sünden gegen zwei, nein, gegen eine einzige. Alle Sünden, die ich habe und jemals haben werde, gegen diese eine.

7. So kann es nicht weitergehen.

19. Juli

Schon gefangen. Ich weiß jetzt, wie man's macht. Habe ihn, zum erstenmal, um ein Geschenk gebeten, und es war wirklich eines: eine Platte mit seiner Stimme; die kann man hier machen lassen. Jetzt spiele ich sie unten im Wohnzimmer, wenn die Wirtin nicht da ist. Es klingt wie ein Telefongespräch: »Hallo, bist du am Apparat? Kleines Zigeunermädchen?« Das meiste darauf ist Unfug, manchmal, wenn ihm nichts einfällt, pfeift er sogar; aber es ist seine Stimme. Ich werde sie auf Band umspielen lassen, dann hab' ich sie für ewig. Außerdem habe ich zwei Fotos und eine Platte mit ›Begin the Beguin‹; alles was mir noch fehlt, ist sein Rasierwasser, ich weiß schon, wie es heißt, muß es nur noch besorgen. Dann kann ich Java Junction spielen, sooft ich will. Dann braucht er nicht mehr zu kommen.

22. Juli

Geträumt: ich stand vor seinem Zimmer, sah trotz der Dunkelheit die Tür genau, sie hatte eine Maserung wie Wasserringe, die auseinander- und zusammenliefen; ich öffnete, und sie quietschte. Aus dem Zimmer kam Wärme und ein Duft, den ich nicht kannte. Ich tastete nach dem Schalter, mit der linken Hand um den rechten Türpfosten herum. Dann traf ich auf eine fremde Hand, die war schon da. Ich fuhr zurück, und gerade als drin das Licht anging, schlug ich so fest die Tür zu, daß ein Stück Kalk von der Decke fiel; es zerbrach auf meinem Kopf, aber ich spürte es kaum, es war so dünn wie eine Oblate oder wie Papier.

28. Juli

1. Die Zeitung hat mich zu einem Test bestellt, ging ganz gut.

2. Wage noch nicht, zu hoffen, aber weiß schon: es muß so kommen. Der andere Weg ist versperrt, habe selber die Tür zugeschlagen. Oder?

31. Juli

1. Schon gekündigt; ab 1. September die Zeitung, habe es schriftlich.

2. Sie haben mir ein Zimmer in der Stadt besorgt, riesig, im Vergleich zu diesem. Überhaupt wird alles anders sein, *ich* werde anders sein.

3. Die neue Wirtin heißt Sieglinde.

2. August

1. Abends. So also ist das. Ich habe noch nicht begriffen.

2. Nachts. So also war das.

Er saß auf dem Stuhl, so typisch: ein Bein quer über das andere gelegt, hielt mit der linken Hand den rechten Knöchel. Er fragte, ob ich Lust hätte, mit ihm nach USA zu gehen, im Oktober. Ich fragte, ob er Lust hätte, mit mir zur Zeitung zu kommen, im September. Wir lachten, er sagte: Dein Vorschlag ist ein Witz, meiner nicht. Nicht als Witz gemeint, wollte er sagen. Ich fragte: Wieso? Wozu? Warum ich und nicht Jutta? Eine von den Antworten, dachte ich, wird alles möglich machen. Java Junction fiel mir ein. Er hob die Hände und sagte: Ach Jutta! Das ist etwas ganz anderes! – Eben. Es ist die Sprache, die ich nicht verstehe. *So* wird er meinen Namen niemals sagen. Ich sagte: Nein, nie, und er stand auf. Er lächelte, als er ging.

3. Ich habe das Bild, den Duft, die Stimme; ich brauche ihn nicht.

4. Man sagt, das geht vorbei.

»Einfach widerwärtig«, sagt Cyril, »diese Selbstgerechtigkeit. Sie braucht ihn nicht! Das ist alles, worauf es ihr ankommt; niemals ein Gedanke an ihn, immer nur an sich. Der gute Viola ahnt gar nicht, was für ein Glück er hatte, daß ihm dieser Eisberg erspart geblieben ist ... Aber so war sie schon immer«, sagt er und blättert in Kais Tagebuch die ersten Seiten auf, »kalt und selbstgerecht. Wie hier, mit fünfzehn Jahren! Das muß man sich mal anhören: ›Sonntag. War in der Kirche. Predigt: du sollst nicht töten. Richtig erschrocken. Was für ein Lebewesen ist der Mensch, daß man ihm so etwas erst sagen muß? Du sollst nicht töten, stehlen, lügen ... Als ob das Selbstverständlichkeiten wären! Entsetzlich. Soll man da noch stolz sein, dieser Art anzugehören? Kann nicht.

Und die Liebe, das Allheilmittel: soll einerseits die Menschen hindern, einander umzubringen und andererseits die Fortpflanzung sichern, die Art erhalten. Ausgerechnet diese Art! Nein, keine Lust auf Liebe.

P. S. Ich halte die Zehn Gebote für das beschämendste Dokument der menschlichen Geschichte. Wenn das nicht allgemein so angesehen wird, dann nur, weil jeder sich betroffen fühlt. Fühle ich mich betroffen? Will nicht.‹«

»Nicht schlecht für fünfzehn Jahre«, sagt die Dombrowskaja, »man sieht, daß sie schon selbständig denkt.«

»Und daß sie rein wie ein Engel ist, beschämt und abgestoßen von den Schwächen ihrer Artgenossen; nicht gewillt, sich betroffen zu fühlen. Erhaben.« Warum auch nicht? Wir schweigen. Kai hat die Arme verschränkt und betrachtet ihn mit hochgezogenen Augenbrauen.

»Erhaben und vergeßlich«, sagt Cyril, »denn hier habe ich ein weiteres Blättchen, sozusagen das Gegenstück, sechs oder sieben Jahre zuvor verfaßt, genaues läßt sich nicht feststellen, da es außer der Interpunktion auch des Datums entbehrt, doch zweifellos stammt es aus Pennys Feder: ›Meine Zindholzschachtel ist schon fast voll ich werde die erste sein die sie voll hat aber ist keine gute

Idee gewesen Fliegenbeine sind sehr klein man muß die dicken Brummer finden die sind größer. besser wäre halbe Wespen die machen es schneller voll heute acht im himbeersaft gefangen. tante gugula den tod gewünscht weil sie zu mamá sagte mit der penny wirst du noch was erleben soll in ein kohlenkellergitter fallen mit lauter glasscherben drin und spinnen was aus ihr das blut saugen wie aus den fliegen ...‹ Undsofort, noch dies und jenes, zerhackte Regenwürmer, gepiesackte Babies, zermalmte Frösche ...«

»Richtig!« ruft Penny, die verzückt gelauscht hat, »winzig kleine Frösche, immer wenn's geregnet hat, beim Teich, die ganze Straße voll! Ich hatte wenigstens drei bei jedem Tritt, einmal hatte ich fünf, und dabei kleine Schuhe, nicht so wie ihr ...« Sie zieht eine Sandale aus und zeigt uns die Sohle; wir wundern uns selbst, daß auf einem so kleinen Raum fünf Frösche auf einmal ihr Leben lassen konnten. »Aber eben«, sagt Penny bescheiden, »sie waren noch ganz neu und winzigklein.«

»Na bitte«, sagt Cyril.

Er hat recht, wie so häufig, und am besten wäre es, die Sache auf sich beruhen zu lassen, zumal sie nur Kai betrifft und Kai sich wiederum und immer noch nicht betroffen fühlt, denn sie sagt: »Ich weiß nicht, was ihr wollt – es ist eure Penny so gut wie meine!« – doch die Božena, die nicht widerstehen kann, wenn sie ein Wesen in Bedrängnis sieht, fängt an, Kai zu verteidigen, wobei ihr guter Wille in keinem Verhältnis zu ihrer Überzeugungskraft steht; alle ihre Argumente laufen auf Kais große Jugend hinaus, »sie ist ja noch ein halbes Kind ... so unerfahren ...«

Gegen Cyrils höhnisches Grinsen und Kais Verachtung geht sie mit ihrem Gestammel an, bis die Dombrowskaja ihr ins Wort fällt, weniger um Kai zu helfen, über deren

Natur sie sich keinen Illusionen hingibt, als um des sauberen Abschlusses willen; Gefühle im Rohzustand sind ihr ein Greuel.

So entwirft sie uns ein Bild von Kais Situation: das eben der Kindheit entwachsene Mädchen, das gerade die Ideale der Menschheit entdeckt und beschlossen hat, diesen Idealen zu folgen, das sich aber in seinem Fortschritt behindert sieht, da es wie eine unförmige, kratzende Eierschale das Balg Penny mit sich schleppt, dem es entschlüpft ist und das ihm keine Ruhe gönnt. Bedauernswerte Kai: sie möchte sich den Wind des neuen Daseins um die Nase wehen lassen, doch was sie spürt, ist Zugluft an den empfindlichen Stellen hinter ihren Ohren, die noch keine Zeit zum Trocknen hatten – und Penny, immer wieder: Penny als Polyp, mit ungezählten Armen sie umklammernd und sie am Atmen hindernd; Penny als Nachtmahr auf ihrem Rücken, als Klette in ihrem Haar ... Kais Leben ist eine Folge heldenmütiger Befreiungsversuche, der Kampf des Gut-schön-wahr-sein-Wollenden gegen die Mächte der Finsternis.

»Und überall Pennys Spuren«, sagt die Dombrowskaja, »in jeder Schublade, in jedem Buch: Teufelsfratzen mit bleckender Zunge, Hexenporträts und Zauberformeln, die allesamt nichts Gutes verheißen, Kreise um Monogramme gezogen und mehrfach von Pfeilen durchbohrt oder von Nadeln durchlöchert, dazwischen Tagebuchblätter wie das eben gehörte ... Kai in ihren Anfängen war mit Austilgen beschäftigt, mit Aufräumen und Verbrennen: der Tätigkeit eines Kammerjägers.«

»Ein unverdientes Plädoyer«, sagt Cyril.

»Ich behaupte nicht«, sagt die Dombrowskaja, »daß ihre Tätigkeit Erfolg hatte«, und Penny taucht hinter ihrer Stuhllehne auf und zeigt Kai eine lange Nase.

»Trotzdem«, sagt Cyril, »einfach widerwärtig, ihre Selbstgerechtigkeit.«

Wir sind wieder am Anfang; es scheint, daß wir nichts lernen.

Sonderbar, daß die meisten von uns ausgerechnet ihre Vorgänger verabscheuen, die doch in einer Weise ihr Ursprung sind! Ob wir es nicht wahrhaben wollen?

Die Dombrowskaja denkt darüber nach, warum Cyril Kai so wenig leiden kann, Kai fragt sich, warum sie Penny so haßt (obwohl das niemanden erstaunen kann), und Anatol gibt zu, was er schon lange weiß: daß Cyril ihm unerträglich ist. Nadine verachtet Anatol, doch niemand verachtet Nadine, die Božena und Sandra. Das kommt, weil die Dombrowskaja mehr Verstand als die übrigen von uns und keine Lust hat, irgend jemanden zu verachten.

Sie hat auch die Erklärung: Wir mögen unsere Vorgänger nicht, weil wir sie für überwundene Stadien halten und gekränkt sind, daß es sie überhaupt noch gibt. Eigentlich eine Unverfrorenheit ... Und erst wenn wir unsere Nachfolger ansehen, werden wir bescheiden: die denken ganz genau so.

»Ihr macht mich müde«, sagt Nadine, »am liebsten würde ich noch ein bißchen schlafen.« Wie schlau sie auf einmal ist! Sie will uns loswerden. Im Schlaf ist sie allein, nicht wahr, geträumt wird immer einzeln, und erst beim Erwachen werden die Träume verteilt, sofern wir uns erinnern. Wer einen Traum nicht hergeben will, muß ihn vergessen, es gibt keinen anderen Weg.

Nadine hofft auf einen schönen Traum, und sie hat

nicht einmal vor, ihn zu vergessen: lieber will sie ihn von den anderen zerstückeln lassen; er wird dann weiterleben, ein Traum in Spiritus sozusagen, zerhackt, doch unvergänglich.

Leider können wir das nicht zulassen.

»Schlafen geht jetzt nicht«, sagt die Dombrowskaja, »es ist gleich sechs. In zwei Stunden wirst du abgeholt, und bis dahin mußt du dir im klaren sein ...«

»Ich *bin* mir im klaren, aber ihr seid es offenbar nicht ...«

»Unfug«, sagt die Dombrowskaja, »das ist doch ganz dasselbe.« Sie spielt mit ihrer Zigarettenspitze, ein Zeichen, daß sie nachdenkt. »Und wenn wir dich gar nicht fortgehen lassen? Wenn wir ihn statt dessen hereinbitten?«

»Ausgezeichnet!« ruft Cyril, »das ist der beste Gedanke bis jetzt! Damit behalten wir Nadine unter Kontrolle, und das Risiko ist gleich Null ...«

»Allerdings«, sagt Nadine, »denn ich werde gar nicht dabei sein.« Wir schweigen bestürzt; so entschlossen haben wir sie nie gesehen. Vielleicht sind wir diesmal zu weit gegangen? Zum Glück beginnt jetzt Vladimir mit einer Vorführung: ›Nadines Rendezvous in Abwesenheit von Nadine.‹ Das rettet uns.

So stellt sich Vladimir den Besuch des jungen Mannes vor: Cyril im Salon ihm gegenüber, erfährt gerade vom Trend der Gegenwartsliteratur, durch Überbetonung des Gegenständlichen das Ziel der Gegenstandslosigkeit zu erreichen, als der junge Mann sich in der Mitte eines dieser langen Wörter jäh unterbricht, den Atem an- und den Mund offenhält, so wie die Augen, welche soeben Sandras Porträt erblickt haben, das in einem runden Rahmen über dem Sofa hängt: der typische Fall eines Bildes, das getroffen hat. Cyril betrachtet ihn lächelnd.

»Sie gefällt Ihnen?«

»Wer war sie?« fragt der junge Mann, ohne den Blick von Sandra zu wenden.

»Sie ist noch«, sagt Cyril, doch da bemerkt er schon seinen Fehler: der junge Mann springt auf, viel fehlt nicht, daß er Cyril an den Rockaufschlägen packt, wo sie ist, will er wissen, wo er sie finden kann –.

»Ich bitte Sie«, sagt Cyril, »wie werde ich Ihnen das antun! Begnügen Sie sich mit dem Bild, ich rate Ihnen gut, Sie haben mehr und – länger davon.«

»Ich brauche Ihren Rat nicht!« schreit nun der junge Mann, dem Sandras Anblick außer dem Verstand auch die guten Manieren geraubt zu haben scheint, »ich brauche den Namen dieser Dame, ihre Adresse, irgendeinen Anhaltspunkt ... Ich flehe Sie an« – nun schlägt sein Zorn in Jammer um, und für Cyril wird es Zeit, zu gehen – »es kann Ihnen doch nichts ausmachen, nur ihren Namen ...«

»Niemals!« sagt Cyril und wendet sich zur Tür.

Nach zwei Schritten hört er hinter sich die veränderte Stimme des jungen Mannes: »Pfui Teufel, was für ein Mensch!«

Cyril wendet sich um und erwidert mit einer gemessenen Verbeugung: »Ich bitte um Verzeihung, ich verstehe nicht, was Sie meinen.«

»Abscheuliche Phantasien«, sagt Nadine. Sie steht auf, nimmt ihre Tasche und sieht nach der Tür, als ob sie gehen wollte.

»Keine Lust, zu bleiben, wie?« fragt Vladimir. Wir lachen; die Frage ist alt. Dabei ist Vladimir der einzige von uns, der nicht Partei ergreift. Er sieht uns wie ein Fremder aus der Ferne, für ihn ist alles Spiel, was uns geschieht.

»Alles wäre anders«, sagt Nadine, »wenn in diesem Haus keine Männer wären. Die machen alles nur verworren. Außerdem nutzen sie uns für ihre Zwecke aus: Cyrils Gewerbe, Anatols Leiden, Vladimirs Spaß ...« Ihr Groll gegen Cyril und Anatol bricht wieder durch. »Ihr beiden«, sagt sie, »habt mir Jahre gestohlen, Jahre! Dann laßt mich doch wenigstens jetzt in Ruhe!«

»Wir tun dir nichts.«

»Aber ihr seid da! Das ist schlimm genug!«

»Es ist unser Haus so gut wie deines; du kannst ja gehen, wenn es dir nicht paßt.« Sie weiß, daß sie nicht gehen kann, zumindest, daß sie immer wiederkommen muß. Es gibt keine andere Zuflucht.

»Ich bleibe«, sagt sie, als ob es ihr freistünde, »und ich werde mich behaupten – gegen ein ganzes Haus von Männern, wenn es sein muß ...« Sie setzt sich wieder, doch die Stimmung bleibt gespannt.

Die Dombrowskaja versucht abzulenken. Die Frage der Personenkombination, sagt sie, sei ein Spiel für sich und ausgesprochen lustig. Sie malt sich aus, wie es wäre, wenn in unserem Haus etwa nur Vladimir und Sandra leben würden. Was für ein Gespann! Was für Möglichkeiten! Ob es so etwas schon gegeben hat?

Cyril findet den Gedanken abwegig: ein Raubtier mit Humor, das gibt es nicht, es würde mit dem Hasen spielen, statt ihn zu fressen. Das heißt: zuerst würde Vladimir mit ihm spielen, dann würde Sandra ihn fressen; oder umgekehrt: zuerst frißt Sandra den Hasen, dann macht Vladimir einen Sketch daraus, frei nach der Erinnerung ...

Anatol ist abgestoßen: einen Hasen mit Späßen anzulocken und danach zu fressen, oder umgekehrt, sich über seine eigenen Opfer noch lustig zu machen ... »Perfide«, sagt er, »perfide.« Vladimir selber schweigt: ihm fällt nichts dazu ein, und für Fragen der Moral ist er nicht zuständig.

Doch Cyril ist angeregt, er spinnt endlose Kombinationen aus, von denen manche ihm fatal erscheinen, Penny und Anatol zum Beispiel: »Das wäre unser Ende.« Mit den Kombinationen zu dritt und zu viert könnte er Wochen zubringen, Anatol sagt ihm, daß die Möglichkeiten ins Unendliche gehen, und so beschränkt sich Cyril auf einen persönlichen Wunsch: Anatol, Vladimir und er: das wäre ein Trio! Wir schweigen. Agathe faltet die Hände bei der Vorstellung von soviel Intelligenz, gepaart mit soviel Empfindsamkeit und Witz. Die Božena hält mühsam das Lachen zurück.

»Da habt ihr's«, sagt Nadine, »ein Haus aus lauter Männern, das ist es, was sie sich wünschen.«

Auf einmal mischt sich Kai ein: »Na und?« fragt sie, »na wenn schon! Drei Männer zusammen sind nicht so gefährlich wie diese eine Sandra!«

Sandra ist anders. Sorgen wie die von Nadine, um eine Falte am Hals oder einen Zentimeter Taillenweite, hat sie nie gekannt. Sandra ist der Sog; ein Sog weiß nichts von sich selber. Deshalb wissen auch wir nicht viel über Sandra. Sie ist die einzige von uns, deren Erfahrungen uns nicht ständig und nie vollständig zur Verfügung stehen. Was immer man über sie berichten mag, wir wissen: da ist noch mehr. Da ist etwas, das sich Cyrils Protokoll und dem Überblick der Dombrowskaja entzieht. Da weht uns etwas an.

Daß sie ausgerechnet bei Jeremy zum ersten Mal auftreten mußte, in jenem Gartenzimmer, das gerade noch den milden Atem der Božena beherbergt hatte und den lyrisch-frivolen Schimmer der falschen Magnolien, wird uns ein Rätsel bleiben. Jeremy, der vor Sandras schmalen Augen wie ein Horsd'oeuvre wirken mußte: weißhäutig, zartknochig unter dem Ketchup seiner Haare – und furchtsam, nicht vor ihr, noch nicht, aber vor den anderen draußen; ein Jeremy, der, wenn er im Auto sitzt, die Scheibe seines Fensters anhaucht, weil er die Blicke der Vorübergehenden nicht erträgt, einer, der tausend Lügen erfindet, nur um die Meute in die Irre zu führen, einer, der seine Spur vernebelt, ein Tintenfisch.

Vielleicht war es gerade das. Er stand hinter ihr im Zimmer und lächelte sie an, ohne Antwort. Sandra kann nicht lächeln; sie kann auch nicht lachen; um sie herum ist alles schwarzblutiger Ernst. Trotzdem hielt Jeremy sein Lächeln fest, vielmehr hielt er sich an seinem Lächeln fest, es war ein Lächeln wie ein ausgestreckter Arm, der sie von sich abhielt, für eine kurze Zeitspanne nur, für so lange, wie ein Arm braucht, um müde zu werden.

Keiner weiß, was sie sah, während sie ihn ansah; vielleicht sah sie gar nichts, sondern horchte, auf Befehle, die sie erreichten, aber das ist nicht wahrscheinlich: Sandras Befehle kommen nicht von außen, sie sind Teile ihres Organismus, unabtrennbar, eingewachsen, Milz, Leber, Hypophyse.

Sie hielt sich vollkommen still: der Kopf lag im Nacken; ihr Gesicht, aus jeder möglichen Ähnlichkeit gelöst, erlaubte keinen Vergleich mehr. Nur Nebensächliches ließ sich registrieren: spaltbreit geschlitzte Augen, herabgezogene Mundwinkel; rhythmisch sich weitende Nasenflügel als einzig bewegtes Detail.

Als sein Lächeln aufhörte, ging sie an ihm vorbei zum Bett und zog sich aus, langsam, sicher, Stück für Stück, ein Wesen auf dem Weg zu seinem eigentlichen Zustand. Sie stieg aus ihren Kleidern und legte sich auf die fremde Decke, splitternackt, wie die erste beste Hure. Nein, selbst dieser Vergleich ist nicht erlaubt: wenn Sandra sich nackt auf Jeremys Bett legte, die Hände unter dem Kopf verschränkt und die Füße fußbreit auseinander, dann nicht wie eine Hure, sondern wie Sandra; nur so.

Er kam nicht näher, sondern griff nach seiner Krawatte, wie ein Mensch, der zu ersticken fürchtet und sich Luft machen will, oder wie ein Mann, der sich auszieht, weil auf seinem Bett eine Frau liegt. Es blieb bei der Krawatte, da ein kaum wahrnehmbares Winken aus Sandras Augen ihn näherkommen hieß, wobei der Ausdruck ›kaum wahrnehmbar‹ sich sofort als Notlüge der Berichterstattung erweist: in diesem Augenblick, in dem die Grenzen zwischen Wahrnehmbarem und Nicht-Wahrnehmbarem sich hoffnungslos und auf lange Zeit verwischten, beziehungsweise unwichtig wurden. Tatsache ist, daß es bei der Krawatte blieb, weil Sandra, doch das wußte sie noch nicht, das Gefühl von Anzugstoffen liebt, auf ihrer bloßen Haut.

Die Kastanien lagen längst im Schatten.

»Liebe«, sagte Jeremy, »ist, wenn man es nicht mehr arrangieren kann.« Sandra schwieg. Antworten ist nicht ihre Sache; alle Impulse gehen von ihr aus, von ihren Eingeweiden, rufen Reaktionen hervor, auf die sie dann reagiert. Sie antwortet nur auf Antworten.

Ein neuer Impuls: »Mehr«, sagte sie.

Es blieb nicht bei der Krawatte. Sie liebt auch das Gefühl von Haut auf ihrer Haut, obwohl sie es da noch nicht wußte. Alles was Sandra weiß, weiß sie seit Jeremy.

Die Kastanien lagen längst im Dunkel.

»Liebe«, sagte Jeremy, »ist, wenn man nicht mehr fliehen möchte.«

»Knöchelchen«, sagte Sandra. Ein Wort, das knackte, ein kannibalisches Wort. Sie hatte ihre Finger an seinem Handgelenk.

Alles was Sandra ist, ist sie seit Jeremy.

Wörter sagten ihr nicht viel. Begriffe wie »Betrug« und »Treue« hielt sie für intellektuelle Spielereien, Hirngespinste. Sandra blieb Sandra treu und konnte auch gar nicht anders; nach dem Maßstab des gerade üblichen Sprachgebrauchs war sie Jeremy treu; nach einem feineren, von Jeremy angelegten Maßstab betrog sie ihn mit jedermann und jedermann mit jedermann, nämlich: Im Gehen auf der Straße, wenn sie, Circe inmitten ihrer Herde, sich von lüsternen Blicken tragen ließ; beim Einkaufen im Geschäft, wo sie, den Atem eines fremden Mannes im Nakken, ihren Blick zu einer jähen Verbindung in den Blick des Verkäufers tauchte; am Abend auf einer Gesellschaft, indem sie es fertigbrachte, ihr langes Kleid samt Schleppe optisch aufzulösen und, plötzlich hüllenlos bis auf ein Paar Sandaletten, mit einem Glas Sekt in der Hand und im höflichen Gespräch mit dem Attaché einer südamerikanischen Botschaft, zur Zielscheibe sämtlicher vorhandenen Augen zu werden. Und so fort: beim Sonnenbad im Liegestuhl, wenn jeder Quadratzentimeter ihres Körpers zum Ausdruck einer Hingabe wurde, für die »wollüstig« keine entsprechende Benennung und »Sonne« eine lächerliche Motivierung bildeten ... etc. etc.

Nur mit Dombrowskij betrog sie ihn nie.

Hin und wieder brachte sie Jeremy einen ihrer Verehrer mit oder auch zwei, merkwürdige Lebewesen, die ihr auf Pfiff gehorchten und keinen eigenen Willen zu haben schienen. Sie apportierte sie sozusagen, legte sie zu Jeremys Füßen nieder, und während er angewidert einen Schritt zurücktrat, sah sie demütig zu ihm auf und sagte: »Hier nimm. Alles für dich. Triumphiere!« Und Jeremy fand sie bei aller Abscheulichkeit unwiderstehlich.

Jeremy änderte seine Gewohnheiten; er begann, ihr freiwillig seinen Tagesablauf zu schildern und sogar von seinen Plänen für den nächsten Tag zu sprechen, er verzichtete auf jedes schützende Versteckspiel, ohne dafür mehr als ein mäßiges Interesse zu ernten; für Sandra bedeuteten diese Auskünfte nichts, wo sie besaß, war keine Lüge möglich. Jeremy war ein Narr, der einzusehen begann, daß er ein Narr war, und darüber hinaus, daß diese Einsicht ihm nichts nutzen konnte. Er half sich mit Gelächter; doch der frühere Zustand war nicht mehr erreichbar.

»Jeremy und Sandra«, sagt die Dombrowskaja, »du meine Güte, was für ein Anblick! Ein Mensch, der sein Leben damit zugebracht hat, sein Leben zu vertuschen, der ein

Panoptikum voll Jeremys erfand, nur um den Beschauer von seiner eigenen Person abzulenken, unentwegt mit dem Bau Potemkinscher Dörfer beschäftigt, um die Verfolger irrezuführen, ein Mensch, der jedes Detail seiner Vergangenheit wie ein Juwel bewahrte, der heimlich, ein Geiziger, in seinen Schätzen wühlte – da war ein ganzer Sack voll Tatsachen, die nie zu Informationen werden durften ... Und dann kommt Sandra, die er beschenken will, mit allem, was er hat, mit dem Kostbarsten, er fürchtet sich nicht mehr, er schüttet die Juwelen vor ihr aus und sagt: Da, nimm! Und Sandra schaut hin und sieht, daß es nur Kieselsteine sind. Jeremy hat einen Haufen Steine bewacht. Die Dorfkulissen sind sinnlos geworden, auch die Wachsfiguren, Jeremy, seiner Lügen entkleidet, ist weder ein Opfer noch eine Sensation, nichts als ein Mensch, der sich umsonst gefürchtet hat, ein gerupfter Paradiesvogel ...«

Keiner weiß, wie es endete, noch warum. Von Jeremys Krankheit an geht alles in Schatten über. Was wir besitzen, ist eine winzige Szene im Vestibül von Jeremys Hotel, die uns wie das Echo einer seiner frühesten Geschichten erscheint: Sandra und der Portier, zwischen Topfpalme und Käfiglift.

Es geht um den Schlüssel Nummer fünfzehn. Der Schlüssel ist da und doch nicht da, weil er nämlich keine Funktion mehr hat: er schließt zwar noch ein Zimmer auf, doch in dem Zimmer wohnt kein Gast.

»Sie können sich gerne überzeugen«, sagt der Portier und greift blindlings Nummer fünfzehn vom Brett.

»Nein danke«, sagt Sandra; sie ist schon überzeugt. Der Portier zuckt die Achseln und hängt den Schlüssel an das Brett zurück.

»Keine Nachricht?« fragt sie.

»Bedaure.«

»Keine neue Adresse?«

»Bedaure.«

Sandra betrachtet ihre Füße; wenn sie noch länger hier stehen, werden sie so anonym wie diese Halle werden. Sie nimmt sie fort. Der Lift, mit geöffnetem Maul, grinst idiotisch. Der Portier verneigt sich. Die Palme bedauert, als Sandra geht.

Auch als wir in unser Haus zogen, war sie noch bei uns, ein außerordentliches Wesen, altmodisch in ihrer Besessenheit, sie hatte mehr Ungestüm in sich als der Rest von uns zusammengenommen. Am frühen Morgen schon verließ sie unser Haus, in dem sie sich nicht wohlfühlte, und lief hungrig durch die Straßen, den Blick wie auf eine Spur gesenkt, ohne Rücksicht auf uns, die wir alle unter ihr zu leiden hatten, denn schließlich trägt sie unseren Namen. Doch bei aller Verworfenheit war eine gewisse Größe in ihr, denn was sie suchte, war nicht Sicherheit, sondern Gefahr, sie hatte die Stadt zum Urwald ernannt und lief auf weichen Sohlen ihre Dschungelpfade ab, ein Raubtier auf der Pirsch, sagte Cyril, doch die Dombrowskaja widersprach: Wer auf Beute aus ist, braucht nicht lange zu suchen, denn Beute, sagte sie achselzuckend, ist überall, doch was Sandra suchte, war etwas anderes: ein Abgrund.

»Sie hat das unwiderstehliche Bedürfnis, sich über den Rand zu stürzen«, sagte die Dombrowskaja, und wir schauderten.

Abgründe sind selten; der Ebene und flachen Steigungen wurde sie bald überdrüssig. Sie verschwand.

Zunächst wurde ihre Abwesenheit nicht bemerkt, doch

dann sprach es sich herum, wir trafen uns wie zufällig unten im Salon, alle mit dem Gedanken an ihren Verlust beschäftigt, obwohl keiner das Wort Verlust auszusprechen wagte, solange einige von uns Sandras Verschwinden für eine Befreiung hielten. Selbst Vladimir blieb ausnahmsweise ernst, er stand eine Weile wie unschlüssig im Zimmer herum, ein Fremdkörper zwischen diesen Möbeln, der aber immer wieder das Kunststück fertigbringt, die Möbel zu Fremdkörpern werden zu lassen, so auch diesmal: er wartete einfach ab, bis sie, durch seine bloße Gegenwart, ihren Zweck als reinen Vorwand entlarvten und sich als der lächerliche Krimskrams zeigten, der sie waren – jeder Stein, jede Kiste, jeder Baumstumpf hätte sie ersetzen können – dann ging er zum Fenster, stützte die Hand unter das Kinn und sah hinaus.

Agathe, die bestimmt nicht bösartig, nur eben reichlich dumm ist, fing plötzlich zu plappern an: was für ein Segen es sei, daß wir das Frauenzimmer endlich aus dem Haus hätten, man habe ja nie gewußt, was man von ihr noch zu erwarten hatte, eine einzige solche Person konnte den Ruf, ja, die Existenz eines ganzen soliden Hauses zerstören, und so weiter. Sie gebrauchte Ausdrücke wie »Zuflucht« und »Geborgenheit« und gestand, daß sie, solange diese »Vagabundin« im Haus gewesen sei, kaum noch gewagt hätte, die Straße zu betreten, da man sie womöglich für »auch so eine« gehalten hätte ...

»Das war überflüssige Sorge, mein Kind«, sagte die Dombrowskaja.

Die meisten von uns lachten, nur Cyril wischte mit der Hand durch die Luft und sagte: »Abgesehen von Agathes Quatsch – ich bin auch froh, daß sie fort ist ... Sie hat Unruhe gemacht, sie hat mich bei der Arbeit gestört.«

Die Dombrowskaja sagte liebenswürdig: »Ganz recht; doch wenn ich mich nicht täusche, stören wir dich alle.«

Noch ehe das Gespräch sich zu einem der üblichen Geplänkel auswachsen konnte, wandte Vladimir sich um und sagte: »Sie fehlt!« Wir hatten keine Zeit, Überraschung zu heucheln. Er hatte so recht; sie fehlte. Und wie sie fehlte! Noch nie, so schien es uns jetzt, hatte jemand so gefehlt wie Sandra uns jetzt fehlte. Selbst Cyril wußte es, selbst Agathe.

»Aber sie wird wiederkommen«, sagte Vladimir, »sie kann uns nicht verlorengehen.« Wir starrten ihn an; wir hätten ihm am liebsten die Hände geküßt, so dankbar waren wir.

Wir scherzen über Jeremy.

»Er ist jetzt ein Skelett in Sandras Schrank, man hört bei Nacht, wie er klappert.«

»Jawohl, mit den Zähnen, vor Angst.«

»Das hat er schon vor seiner Skelettzeit gekonnt!«

»Kein Wunder, wenn man Sandra kennt ...«

»Dabei hat sie ihm nie etwas zuleide getan, ihn schreckten immer nur die Spuren ...«

»Arme Sandra. Er hat ihr die Tugend verleidet.«

»Armer Jeremy.«

»Hört hört, die Božena, die sorgt sich noch immer!«

»Er wird eingehen, wenn sich keiner um ihn kümmert.«

»Wenn sich einer um ihn kümmert, geht er erst recht ein.«

»Aber auf andere Art.«

»Was ist die beste Art, einzugehen? Da müssen wir abstimmen!«

»Ist er auch wirklich im Schrank? Klappert er auch wirklich? Wenn ja, dann will ich ihn zum Spielen!«

»Ach nein, Penny, das ist nur eine Redewendung, geh fort und mach ein hübsches Gedicht.«

»Jeremy, ewig Jeremy! Da fängt unser neues Leben an, und wovon sprecht ihr? Von Jeremy.«

»Nadine hat recht; einmal muß ja Schluß sein. Im übrigen ist das, was hier klappert, nicht Jeremys Skelett, sondern unser eigenes; das steckt ja schon drin.«

»Cyril ist wieder der Klügste: natürlich ist es unser eigenes Skelett! Die einzige Person in diesem Hause, deren Auftreten mit Sicherheit zu erwarten ist ...«

»Huh, huh«, macht Agathe.

Wenn Cyril aus der Redaktion zurückkommt, benimmt er sich höchst merkwürdig: er dreht den Schlüssel in der Tür und geht dann, ohne nach rechts oder links zu blikken, geradewegs auf seinen Schreibtisch zu. Dort stützt er das Gesicht in beide Hände und starrt die Wand an, wobei er uns seinen hochmütigen Rücken zukehrt.

Wir sagen noch nichts, verständigen uns aber durch Zeichen; wir finden, daß es einfach lachhaft ist, wie Cyril sich aufbläht, wenn er von draußen kommt: er vergißt dann, daß er nur ein Reporter ist, der die Geschehnisse in unserem Hause aufzeichnet, mehr oder weniger glaubhaft arrangiert und in Fortsetzungen verkauft. Davon leben wir, sehr dürftig, das ist wahr, aber immerhin.

Doch diese Arbeit verdirbt ihn auch. Die Leute in der Redaktion lachen ungläubig, wenn er ihnen gesteht, daß es nichts als Tatsachenberichte sind.

»Warum wollen Sie die Leistungen Ihrer Phantasie verkleinern?« fragt Stranitzkys Stellvertreter, »Ihre Bescheidenheit in Ehren, aber wenn Sie uns erzählen wollen, daß diese Geschichten nichts als Erlebnisberichte sind, dann geht das zu weit.«

Cyril ist errötet, der Redakteur nimmt auch dies für ein Zeichen von Bescheidenheit, dabei ist es nur das unverdiente Lob, das Cyril in Verlegenheit setzt: »Wenn Sie den Bericht nicht gelten lassen«, sagt er in einem matten Versuch, zu widersprechen, »dann sehen Sie es doch als eine bestimmte Auffassung von Tatsachen an ... Phantasie ist es bestimmt nicht.« Der Redakteur lacht jetzt laut heraus, er ruft den Zweiten Stellvertreter, der herzlich mitlacht. Cyril widerspricht nicht mehr.

»Sagen Sie«, fragt scheinheilig der Zweite, »wann fallen Ihnen diese Sachen eigentlich ein?«

»Immer wenn ich allein bin«, lügt Cyril und spart sich diesmal das Erröten, »allein im Haus, allein in der Stadt, allein auf der Welt ...«

Zu seiner Verwunderung sieht er, daß diese wahnwitzige Behauptung das Einverständnis der beiden Herren findet, weder Gelächter hervorruft noch Befremden: »Da haben Sie's«, ruft der Zweite triumphierend, »jetzt geben Sie selber zu, daß Sie allein sind: das heißt, daß die anderen Personen doch nur in Ihrer Phantasie bestehen!« Offenbar hält er es für möglich, daß ein Mensch sich allein in der Stadt und allein auf der Welt befindet, so wie er es für möglich hält, daß einer allein in seinem Zimmer sitzt.

Cyril ist auch nur ein Mensch: wenn man ihm eine Weile auf diese Art zugesetzt hat, glaubt er selbst daran; er fühlt sich als Dichter und läßt sich gratulieren, besonders zu jenen Stellen, die eindeutig von Vladimir stammen, oder auch von Anatol. Eitel wie ein Pfau geht er nach Hause und bringt es fertig, uns so lange für die Ausgeburten seiner Phantasie, nein, für die Produkte seiner Schöpferkraft zu halten, bis wir ihn eines Besseren belehren ...

– Wir belehren ihn eines Besseren. Doch zunächst machen wir uns das Vergnügen, ein wenig mitzuspielen. Anatol stößt einen melodischen Seufzer aus.

»Bin nur froh«, sagt er, »daß ich kein realer Mensch bin; so ein Leben ist als Erfindung gerade noch zu ertragen – als Leben wär's unmöglich! Hoffentlich bleibt's auch dabei ... Weiß nicht, aber manchmal ist mir so komisch echt zumute: noch ein bißchen Milieu, ein paar Eigenschaften, ein paar Vorurteile, und ich komme mir wie ein Mensch vor!«

»Das soll auch so sein«, sagt Cyril, zu sich, wie er meint, und notiert auf einen Zettel »Milieu«.

»Ich«, sagt jetzt Vladimir, »möchte mich beschweren: ich bin nicht gut genug erfunden, nicht rund genug, nicht plastisch. Als Mensch mag sowas ja hingehen, da laufen die halben Portionen zu Dutzenden auf der Straße herum, aber als Romanfigur genügt das nicht, das braucht Tiefe und Profil ... Ich fürchte«, sagt er und beginnt herzzerreißend in sein Taschentuch zu schluchzen, »ich bin von einem Stümper gemacht!« Und Cyril, der noch immer vor seinem Schreibtisch sitzt, geht so weit, die allgemeine Heiterkeit für seine eigene zu halten.

Die Božena ist plötzlich gerührt.

»Es hat etwas Kindliches«, sagt sie, »dieser naive Glaube an das Hergebrachte. Fast könnte man neidisch werden.«

»Ja ja«, ruft Nadine, »das ist es: ich beneide ihn! Ich möchte mich auch für eine Einzige halten, und nicht nur in Momenten. Ich hätte es nötiger als er, zumindest hätte ich mehr davon!«

»Man darf ihm nicht einmal böse sein«, sagt nun auch die Dombrowskaja, »denn es ist ja die einfachste Lösung, und schon so lange im Gebrauch; der gemeinsame Nenner, der draußen die Verständigung erleichtert.«

Das ist Anatols Stichwort; er hat Cyril und das Mitspielen vergessen, eine Theorie besitzt ihn, eine Analogie, die ihn zur Verzweiflung treibt, weil er keine Möglichkeit findet, sie uns verständlich zu machen: das Superzeichen! Der einzige Begriff, der unsere Lage trifft, unser Problem, unsere Möglichkeiten. Ein Wort wie Gold, sagt er, und:

wenn ihr nur ein Minimum an mathematischem Verstand hättet! Nur eine Unze! Aber was will er schon erwarten in einem Haus voller Frauen, er ist hier fehl am Platze, jetzt sieht er es wieder, verschwendet, möchte er fast sagen, obwohl ihm das zu hochmütig klingt, aber es ist ja kein Wunder, wenn man davon bitter wird, und vielleicht wird wenigstens Vladimir ihn verstehen, obwohl der nichts als Faxen im Kopf hat, oder etwa Cyril, der an seinem Schreibtisch sitzt und sich für einen Dichter hält ...

Anatol, von einer Leidenschaft erfüllt, die er sonst gründlich zu verbergen weiß, ernennt uns zum besten aller Beispiele der Informationstheorie, von der wir nie gehört haben. Unsere Einheit bemäße sich in »bit«, so behauptet er unwidersprochen, und bei einer Anwesenheitszahl von augenblicklich zehn Personen in unserem Haus belaufe sich der Informationswert der einzelnen Person selbstverständlich auf den Logarithmus dualis von zehn, nämlich drei ein Drittel bit, oder doch so ungefähr ...

Immer mit der Einschränkung, das muß er hinzufügen, daß jede von den zehn Personen gleich häufig in Erscheinung tritt, eine Voraussetzung, die glücklicherweise rein theoretisch bleibt, sagt er, mit Seitenblick auf Sandra und Agathe, hoffentlich rein theoretisch ... Niemand wagt jetzt, Anatol zu unterbrechen, der nun wirklich in Schwung gekommen ist, im Zimmer auf und ab läuft und manchmal eine Hand vom Rücken nimmt, um damit auf eine Formel zu weisen, die ihm deutlich vor Augen steht, uns aber nicht.

Darum sei es auch ganz klar, so behauptet er, daß Cyril an seinem Schreibtisch, also innerhalb des Hauses, immer nur einen Wert von Logarithmus dualis eins darstellen wird, während sein Bericht auf dem Tisch, der uns sozusagen alle enthält, bereits als Superzeichen anzusehen ist, mit einem Informationswert von Logarithmus dualis zehn, beziehungsweise Logarithmus dualis neun, wenn einer von uns darin nicht vorkommt, Sandra etwa, was aber nicht wahrscheinlich ist.

»Das ist doch ganz einfach«, sagt Anatol, »das habt ihr doch begriffen?« Und keiner wagt ihn aufzuklären.

Ein Superzeichen aber wird jeder von uns, wenn er als Einzelner das Haus verläßt, ein komplettes Ich darstellt, das, freiwillig oder nicht, uns alle umfaßt ...

»Logarithmus dualis zehn«, sagt Vladimir, »das hatten wir schon.«

»Tcha, jetzt«, ruft Anatol, »weil wir gerade zehn sind! Aber wie war das früher? Denkt doch mal nach!«

Wir denken. Cyril und Vladimir sehen Zusammenhänge, doch keiner wagt sich an die Logarithmen heran.

»Kai, zum Beispiel«, sagt Anatol, »welchen Informationswert hatte die wohl für den Lieutenant Viola?« Kai zieht die Mundwinkel herab und zuckt die Schultern, um anzudeuten, daß sie auf eine solche Rechnung keinen Wert legt. »Logarithmus dualis zwei!« ruft Anatol, denn Kai zum damaligen Zeitpunkt enthielt außer ihrer eigenen nur die Person von Penny, ein bißchen wenig, doch nicht ihre Schuld.

Mit Jeremy war das schon etwas anderes: als er Nadine kennenlernte, begegnete er bereits einem Informationswert von Logarithmus dualis fünf, mit Božena steigerte er sich auf Logarithmus dualis sechs, mit Sandra auf Logarithmus dualis sieben. Enorm, nicht wahr ... Und schließlich Dombrowskij!

Hier geht die Mathematik ins Tragische über, denn wie glücklich war er doch mit einer Nadine von nur Logarithmus dualis fünf, während jene spätere von Logarithmus dualis sieben und – Agathe eingerechnet – Logarithmus dualis acht ihm die Hölle bereitete und bei einem Informationswert von Logarithmus dualis neun, den die Dombrowskaja mit ihrem Auftritt im Frühstückszimmer erreichte, nur noch ein schneller Abschied möglich war ...

»Hör auf«, schreit Nadine, »das ist ja gräßlich!«

Cyril, der immer noch an seinem Schreibtisch sitzt, sagt plötzlich: »Donnerwetter! Ich glaube, ich weiß mehr als ich weiß!« und denkt nicht daran, die nun ausbrechende Heiterkeit für seine eigene zu halten, im Gegenteil, er springt auf und schlägt Anatol auf die Schulter. »Wenn du mir das eher gesagt hättest, dann hätten mich die Redakteure nicht kleingekriegt, nicht der Erste und nicht der Zweite ...«

»Dabei ist das noch nicht einmal der Anfang.« Anatol bleibt stehen, und wir sehen, wie er wieder traurig wird, die Unmöglichkeit, uns über diese Theorie zu informieren, drückt ihn nieder. »Die Negentropie zum Beispiel ...« Das ist ein schönes Wort, doch niemand ermuntert ihn zum Weitersprechen, nur die Dombrowskaja erkundigt sich, ob sie wohl recht gehe in der Annahme, daß mit steigendem Informationswert auch die Konfliktmöglichkeiten steigen, eine Frage, die Anatol nicht beantworten kann, da sie sich nicht auf mathematische, sondern auf menschliche Probleme bezieht. An seiner Stelle antwortet Vladimir. »Und ob«, sagt er, »und ob.« Wir wundern uns; wir haben ihn immer für recht lustig, doch nie für besonders empfindsam gehalten: was weiß er von Konflikten?

Wenn Vladimir einen Einfall hat, ist ihm jedes Ausdrucksmittel recht, der Zeichentrick, die Pantomime, Malerei und Poesie; sogar gesungen hat er schon. Die Vorführungen sind an keine Tageszeit gebunden, wer gerade da ist, schaut zu, die übrigen haben das Nachsehen; Wiederholungen gibt es nicht. Vladimir spielt zum eigenen Vergnügen (»brotlose Kunst«, sagt Cyril, »Luxus«, sagt die Dombrowskaja) und kümmert sich nicht um Applaus. Für ihn sind wir kein Publikum, wir sind sein Stoff.

Was er uns heute zeigt, ist, ausgerechnet, ein Mensch in Schwarz auf einer schwarzen Bühne. Er sitzt auf dem einzigen Möbel, einem Stuhl, läßt die Hände zwischen den Knien baumeln und starrt auf den Boden. Nichts geschieht.

Endlich steht er auf, sieht sich um, suchend: leere Wände, eine leere Decke. Er beginnt, mit dem Absatz Muster auf den Boden zu zeichnen, sie genügen ihm nicht, er nimmt die Finger zu Hilfe und vervollständigt die Figuren, richtet sich auf, tritt zurück, betrachtet erfreut sein Werk. Er tritt nochmals einen Schritt zurück, der Anblick scheint sich zu verändern, der Mann runzelt die Stirn, wirft den Kopf zurück und spuckt auf den Boden. Gleich darauf reut es ihn, er zieht ein Tuch aus der Tasche, wischt die Spucke sorgsam weg. Unentschlossen bleibt er stehen.

Plötzlich springt er hoch in die Luft, landet federnd auf dem Boden, der aus Stahl sein muß; er grinst, triumphierend. Nun läßt er sich auf die Knie nieder und hämmert mit den Fäusten gegen den Stahl, der sich nicht rührt. Der Mann erhebt sich zufrieden, setzt sich auf den Stuhl, bleibt aufgerichtet sitzen, die Füße auseinandergestellt, Hände auf die Oberschenkel gestemmt, Ellenbogen nach vorn gedreht.

In der Mitte des Stahlbodens erscheint eine rote Knospe. Der Mann zuckt zusammen, springt auf, weicht hinter seinen Stuhl zurück, sieht mit aufgerissenen Augen, wie die Knospe wächst, sich zur Blüte entfaltet, ohne Blatt, ohne Stengel. Dem Mann tritt der Schweiß auf die Stirn.

Die Knospe entrollt ein karminrotes Blatt nach dem anderen. Der Mann hebt langsam den Stuhl hoch, um ihn nach der Blüte zu schleudern, läßt ihn aber wieder sinken. Er zieht die Schultern hoch und bohrt die Fäuste in die Augenhöhlen. Er nimmt die Fäuste weg und sieht: die Blüte ist noch da. Sie wächst jetzt nicht mehr, steht nur still, harmlos vielleicht, giftig vielleicht, karminrot bestimmt. Der Mann sammelt seine Kräfte, er holt Atem, springt auf die Blüte zu, setzt den Schuh darauf und dreht den Absatz, wütend, gründlich, bis das letzte Blatt zermahlen ist.

Der Boden ist wieder glatt, nicht einmal eine Schramme ist geblieben. Der Mann läßt die Arme sinken und atmet aus. Er schleicht auf Zehenspitzen zu seinem Stuhl zurück, betastet ihn mißtrauisch, setzt sich hastig, zieht die Knie herauf, umschlingt sie mit den Armen, betrachtet furchtsam den Boden, die Wände, die Decke ... Er zittert.

»Da habt ihr's«, ruft Nadine, »er gibt mir recht!«

»Was soll man davon halten?« fragt Anatol.

»Harmlos oder giftig«, sagt die Dombrowskaja, »er hätte warten können, bis sie welkt.«

Das, was Vladimir eine »Begegnung« nennt: drei Personen an einem runden, niederen Tisch, nachgeahmtes Chippendale. Die Frau in der Mitte hört ihrem Mann zu, der zu der anderen Frau spricht, über irgend etwas Nüchternes, die Erdölgewinnung im Nahen Osten etwa oder die zukünftige Ernährung der Menschheit aus dem Meer. Sie sieht die wachsende Lebhaftigkeit in seinen Augen, hört die erregte Stimme, die aus den trockenen Worten Chiffren macht, die eine ganz neue, andere, fremde und bedrohliche Bedeutung haben. Sie wendet den Kopf, langsam, millimeterweise, gegen ihren eigenen Widerstand, sie fürchtet, was sie sehen wird, weil es schon da und nicht mehr zu vermeiden ist: den gnadenlosen Moloch, das Ungeheuer. Die Andere.

In einem von Vladimirs Stücken treten wir alle gemeinsam auf, im Gänsemarsch wie eine Charleston-Revue, eine Hand immer auf der Schulter des Vordermannes, die andere in die Seite gestützt. Wir singen einzeln:

(Nadine):	»Ich möcht' gern einen Beau, der mit mir plaudert,
(Cyril):	Und einen Freund, der mir die Steuer macht!
(Sandra):	Und einen Gangster, der nicht lange zaudert,
	Wenn mir vor un-durchliebten Nächten schaudert!
(Kai):	Ich möcht' gern eine Frau sein, die gern lacht.
(Agathe):	Ich möchte einen Troubadour zum Reisen …
(Božena):	Und einen Knaben, den ich hätscheln kann,
(Vladimir):	Und einen Harlekin –
(Die Dombrowskaja):	Und einen Weisen:
	Zur Hälfte Ziegenquark,
(Nadine):	Zur Hälfte Eisen …
(Penny):	Ich möchte Paps!
(Sandra):	Und ich den Schwarzen Mann.«

Danach tritt Anatol in Cut und Zylinder an die Rampe, weist mit einem Glacéfinger auf seine Brust und spricht mit Grabesstimme: »Ich dagegen möchte nichts als meine Ruhe.«

Wir applaudieren; dies ist eines der wenigen Stücke von Vladimir, die rundum Beifall finden. Keiner fühlt sich mißverstanden, keiner allzusehr verkannt.

Vladimir hat keine Biographie; sein Leben – und darin ähnelt er Agathe, obwohl er das nie zugeben würde – besteht aus seinen Geschichten, die er für wirklicher hält als alle äußeren Geschehnisse, die unser Haus betreffen. Wir wollen uns nicht streiten, wir lassen ihn dabei. Womöglich hat er recht.

Sein einziges Selbstporträt zeigt ihn zerlumpt, verlottert, alterslos, an einer Uferböschung sitzend, die blaugefrorenen Beine sichtbar zwischen zerfranster Hose und löcherigem Schuh, blaurote Hände auch, die lose an den Seiten hängen, den Kopf locker an einen Baum gelehnt, Blick ins Weite gerichtet, heiter. Ein Siegergesicht: es hat sich von seinem Körper losgesagt, es trägt ihn nur noch gelassen wie eine Bürde, die abzuwerfen nicht die Mühe lohnt, eine vorübergehende Zumutung ... Vladimir, soviel ist klar, weiß sich einig mit etwas, er kann nur nicht sagen, womit.

Hinter ihm, auf dem Kai, fällt Papierschnitzelschnee. In Gesellschaft einiger brauner Blätter kommt der Hund über die Straße gerollt, schräg und maschinell, ein weißes Ohr, ein schwarzes Ohr, das schwarze hat er aufgestellt und an der Kante umgeknickt. Wir kennen diesen Hund, obwohl wir ihn nie gesehen haben: kleine Walze mit davorgesetzter Pyramide, als Abschluß ein rosa Schnäuzchen, braunes Monokel auf dem rechten Auge, das umgekippte Ohr – ein Clown von einem Hund. Erst als er neben Vladimir sitzt, den Blick ins Weite gerichtet, unbehelligt, losgesagt, erkennen wir die Verwandtschaft: er ist der herrenlose Bruder, ein Stück von Vladimir, ein Stück von uns.

Nadines Ausbruchversuche haben Vladimir zu einer Stummfilmszene angeregt, die »Rettung« heißt. Zuerst ist da nichts als eine nächtliche Vorortstraße, in der ein Mann spazierengeht, wozu eine Okarina ein paar melancholische Takte bläst. Der Mann ist offenbar des Lebens müde, denn man sieht, daß er durch eine Pfütze geht, ohne auf seine Schuhe zu achten. In diesem Augenblick stürzt aus einem nächtlichen Vororthaus, mit aufgelöstem Haar und laut um Hilfe schreiend, Nadine. Hinter ihr, aus dem selben Haus, rast der dunkle Übeltäter, Cyril mit einem Schnurrbart, Flüche im Mund und eine Waffe schwingend, in der wir ohne weiteres die Zigarettenspitze der Dombrowskaja erkennen.

»Hilfe!« steht über dem Bild, sicher sind Nadines Rufe gemeint, während ihre Absätze auf dem Straßenpflaster Gewehrsalven abfeuern, die zwar in den Träumen der umwohnenden Parteien als Hinrichtung oder Feuerwerk erscheinen, je nach Temperament, jedoch nicht die Macht haben, den wütenden Cyril zum Stehen zu bringen.

Der Fremde hat diese Macht. Mitten in der Pfütze verhält er den Schritt und wartet einfach ab, bis Nadine ihn erreicht hat und sich unter losem Schluchzen sowohl um seinen Hals als auch, das ist deutlich spürbar, um seine gesamte, reduzierte Person klammert. Erst dann richtet er den Blick auf Cyril, der, Schnurrbart, Waffe und unaussprechliche Flüche, beim Anblick des neuen Tatbestandes das Tempo vermindert, stehenbleibt, überlegt und schließlich einen drohenden Rückzug antritt, von der nächtlichen Vorortstraße in das nächtliche Vororthaus.

Die schluchzende Nadine und ihr Retter befinden sich plötzlich inmitten einer Leere, die nur von den Blicken der Nachbarn bevölkert ist, die, endlich erwacht, die Straße nach einer Ursache für ihre Träume, Hinrichtung oder Feuerwerk, durchforschen, je nachdem. Zu ihrer Enttäuschung erspähen sie nichts weiter als zwei umschlungene Gestalten, die ihnen wie ein gewöhnliches Liebespaar vorkommen müssen, kein Grund für Träume. Mürrisch ziehen sie ihre Köpfe zurück.

Man sieht das Paar noch einmal aus der Nähe; die Rollen scheinen vertauscht: der Retter ist ein neuer Mensch geworden, auf einmal ist er wieder dem Leben zugetan und nimmt, um keinen Zweifel daran zu lassen, sogar die Füße aus der Pfütze. Nadine dagegen schluchzt noch immer. Eine Schrift erscheint: »Wer ist hier der Gerettete?« Gleich darauf ist nur noch die verlassene Vorstadtstraße mit der ebenso verlassenen Pfütze zu sehen, sowie ein Text, der Augenschmerzen macht: »Rette mich, dann rette ich dich auch ... Laß dich von mir retten, und ich bin gerettet ... Rette mich, wer kann ...« Am Ende steht »etc.«.

Ein Wort für Agathe. Mag sie dumm sein. Mag sie sentimental und so bieder sein, daß wir uns genieren, sie als eine der unseren anzuerkennen, geschweige denn, sie aus dem Haus zu lassen – eines können wir nicht leugnen: wenn nichts mehr hilft, hilft sie uns aus der Not. Ob Anatol das Leben nicht erträgt, ob ein Streit im Hause uns ernstlich aus der Ruhe bringt, oder ob, wie jetzt, Nadine mit ihrem Leichtsinn uns unabsehbaren Gefahren aussetzt – eine kurze Rast in Agathes Bilderwelt läßt uns Gefahr wie Traurigkeit vergessen.

So hat sie auch das Bild für Jeremys Haus gestiftet, vor allem die Farbe: ein schmutziges Dunkellila, verwaschen, blätterig, unter einem Schieferdach, das ebenfalls einen Stich ins Violette hat. An der Wand zwischen den Fenstern ein großer Strauch in einem ganz bestimmten, heftigen Grün, dem einzigen Grün, das in der Lage ist, diesem heruntergekommenen Haus Vollendung zu schenken: ein Fliederstrauch.

»Raffiniert«, sagt Cyril.

»Bist du sicher«, fragt Vladimir, »daß er lila blüht und nicht weiß?« Agathe ist sicher, die Harmonie bleibt bestehen. Trotzdem kann sie den Mißklang nicht verhindern: Jeremy tritt aus dem Haus, Jeremys Mutter tritt aus dem Haus, beide haben rote Haare, Agathes Harmonie zerplatzt, die Dissonanz wird offenbar, etwas schreit nach Auflösung, Akkorden.

»Zur Sache«, sagt Cyril.

Das Haus gehört dem Alten, alles hier gehört restlos und fraglos dem Alten, obwohl ihm an seinen Besitztümern nicht viel zu liegen scheint, nicht an dem Gasthaus, nicht an dem Grundstück, nicht an der Frau, die Bücher liest. Am ehesten noch liegt ihm an dem Forellenbach, am Angeln. Ja, und der kleine Jeremy, der unter seiner Obhut aufwuchs? Ein Grashalm in der Obhut einer Dampfwalze, sagt Cyril: Er war noch nicht einmal zwei Jahre alt, als sein Vater schon mit dem Finger auf ihn deutete und sagte: »Der wird auch einmal Bücher lesen, das sehe ich ihm jetzt schon an.« Wer den Alten kannte, wußte, wie das gemeint war.

Der Gasthof hieß »Schöne Aussicht«, obwohl man von dort nichts weiter sah als einen Bach in einem schmalen Tal und Schlüsselblumen im Frühling, Dotterblumen im Sommer, rote Buchen im Herbst, danach nichts als Nebel. Das nächste Dorf war drei Kilometer entfernt, die nächste Stadt dreizehn; man war hier unter sich. Unter sich! Im Sommer war das Lokal von Ausflüglern überflutet, sie saßen an den Tischen unter den Sonnenschirmen, schon am Vormittag und noch am späten Abend, und manche blieben über Nacht, um am nächsten Tag weiterzuwandern, alles solide Leute, Familien mit Kindern, junge Ehepaare, manchmal auch ältere Lehrerinnen mit Haferlschuhen. Die »Schöne Aussicht« war eine Goldgrube, vom Frühling bis zum Herbst.

Vorausgesetzt, daß der Sommer nicht verregnet war; denn hier hing alles vom Wetter ab, Einkäufe, Küchenplan, die Zahl der Serviermädchen, alles richtete sich nach dem Wetter. Jeremy, sagt Cyril, bekam in den ersten zehn Jahren seines Lebens mehr Wetter zu sehen als andere Leute in der siebenfachen Zeit. Kein Wunder, daß er es so überhatte! Er zog die schlechte Jahreszeit vor, in der das Wetter nicht mehr wichtig war, nur noch der Publikumsverkehr.

Der Alte hatte die Zimmer gleich nach der Währungsreform neu herrichten lassen, die Frau wunderte sich im stillen, aber sie fragte nicht weiter; was in diesem Haus geschah, war ausschließlich seine Sache, sie hatte nur die Küche unter sich und Jeremys Erziehung, da mischte er sich auch nicht ein. Erst als auch die Heizung neu eingebaut war, begriff sie, daß er auf Wintergäste spekulierte, und wunderte sich noch mehr: Die »Schöne Aussicht« im Winter war eine reine Strafe. Doch da irrte sie sich, die Gäste kamen, obschon nie für lange, manche von ihnen trafen mitten in der Nacht ein und reisten vor dem Frühstück wieder ab, so daß sie gar nicht dazu kamen, das Fehlen einer Aussicht, erst recht einer schönen, festzustellen und zu beklagen. Sie schienen gut zu zahlen, denn der Alte tauschte seinen klapperigen Lieferwagen gegen einen neuen, größeren um und ließ die Gaststube mit Arvenholz täfeln. Auch der Familie gegenüber war er nicht geizig: wenn die Frau einen Wunsch hatte, so konnte sie ihn sich erfüllen, nur daß sie wenig Wünsche hatte; sie wäre gern verreist, aber das ging nicht, wegen der Küche.

Als sie aufgehört hatte, sich über die sonderbaren Wintergäste zu wundern – was längere Zeit dauerte, denn sie war eine Lehrerstochter aus dem Dorf und hatte in dieser Hinsicht keinen Überblick –, brachte sie Jeremy in ein Internat und holte ihn von da an nur noch in den Sommerferien heim, wenn der lustige Tagesbetrieb die nächtlichen

Unregelmäßigkeiten zumindest überdeckte. Glücklicherweise hatte Jeremy wie seine Mutter die Gewohnheit, früh aufzustehen und früh schlafen zu gehen; das Geschäft am Abend wurde ausschließlich von dem Alten geführt.

Die einzige Gemeinsamkeit zwischen Vater und Sohn war das Angeln; in der Mittagshitze am Forellenbach lernte Jeremy in dem Alten einen anderen kennen, einen, der mit seinem Wirtsbetrieb nicht zufrieden war, der mühsam seine Unruhe niederhielt und die stummen Stunden am Wasser dazu benutzte, sich etwas zurechtzulegen: einen Weg vielleicht, oder eine Lösung, vielleicht auch eine Flucht. Dennoch erstaunte es ihn, daß der Vater keinen Einspruch erhob, als Jeremy ihm eröffnete, daß er nicht die Hotelfachschule besuchen, sondern Archäologie studieren wollte. Die Zukunft der »Schönen Aussicht« schien ihn genauso wenig zu bekümmern wie die Zukunft seines Sohnes.

»Irgend etwas stimmt da nicht«, sagte Jeremy zu seiner Mutter.

»Ich bin die falsche Frau für ihn«, sagte sie.

»Ich bin der falsche Sohn«, sagte Jeremy. Sie sahen einander an, beide mit dieser unbestimmten Augenfarbe, beide ungewöhnlich schwach pigmentiert über einem Gerüst von Knochen, so dünn wie die von Geflügel ... Jeder von ihnen nicht mehr als eine Pranke voll für den Alten, sagt Cyril, er hätte sie zu Mus zerquetschen können, wenn es ihm dafürgestanden hatte ...

Als es ihm endlich dafürzustehen schien, hatte Jeremy schon sechs Semester studiert. Er fuhr gleich zu Beginn der Ferien nach Hause, mit dem Zug bis zur Stadt, mit dem Bus bis ins Dorf. Dort stand, auf dem staubigen Platz vor der Post, der Lieferwagen des Alten. Jeremy öffnete die hintere Tür und warf den Koffer in den Laderaum; dann ging er nach vorn.

Es muß sehr heiß gewesen sein; der Bus stand noch da, der Chauffeur war ausgestiegen, lehnte auf der Schattenseite am Trittbrett und rieb sich mit dem Taschentuch den roten Rand auf der Stirn, den seine Mütze hinterlassen hatte. Ein Junge fuhr auf seinem Roller eine scheppernde Milchkanne vorbei. Unter der Markise des »Gasthofs zur Post« rückte ein Trampel von einer Kellnerin lärmend die Stühle zurecht.

Bibi hatte über den verschränkten Armen den Kopf auf das Steuerrad gelegt. Sie zwinkerte Jeremy aus einem Auge zu.

»Sieh an«, sagte Jeremy, »ein neuer Fahrer.«

»Ich bin das Mädchen für alles«, sagte Bibi und hob den Kopf, »steigen Sie ein, junger Mann.«

Das war der Anfang von allem, doch immer noch nichts, das Sandra geweckt hätte, sie döst und überläßt es Cyril, die Geschehnisse zu registrieren: das Haus war frisch gestrichen; vorbei der schmutzige Flieder, die neue Zeit war granatrot. Noch roch es im Hausgang nach Wienerschnitzel und Gurkensalat, wie immer um diese Tageszeit im Sommer, doch die Mutter stand schon nicht mehr in der Küche, sie lag oben in ihrem Zimmer, das früher das Schlafzimmer der Eltern gewesen war, ein Nachttisch voller Medizinen zeigte ihre Niederlage an, Jeremy wußte alles, noch ehe er den Alten gesehen und begriffen hatte, daß das kein Alter, sondern ein Mann war wie er selber, ein Mann auf der Höhe, der einen Sinn darin fand, zu leben.

Alles natürlich wegen dieser Nutte, denn mehr war sie nicht, sie war eine von denen, die an den Winterabenden mit ihren Herren aus der Stadt herauskamen, zu einer Flasche Wein und einer kurzen Nacht, und die meist vor dem Frühstück wieder abreisten, und nur die eine, Bibi, blieb ...

Nun möchten alle wissen, wie das kam, selbst Sandra

horcht zum ersten Male auf, aber gerade diese Stelle ist schwer zu berichten, weil keiner dabei war, wir wissen nur, was Jeremy von Bibi weiß, die reinen Äußerlichkeiten. Vladimir behauptet, daß er sich diese Begegnung sehr gut vorstellen kann, aber gerade ihm wollen wir die Sache nicht anvertrauen, er würde uns eine Groteske vorspielen, den Alten als Faun vielleicht und Bibi als Nymphe, beide in einen lächerlichen Balztanz verstrickt, eine Parodie auf die Macht der Sinne, an der uns nicht gelegen ist: wir schätzen Vladimirs Distanz, doch nicht in allen Dingen.

Nur Sandra kann das erzählen, doch Sandra hat das Reden nicht geübt, sie taugt nur als Souffleuse. So kommt es, daß wir das folgende wie in Stichwörtern erleben, blitzbelichtet: die Gaststube der »Schönen Aussicht« an einem Winterabend, warm getäfelt, warm beleuchtet, ein einzelnes Pärchen, das Hände hält und die Köpfe zusammensteckt, Wasserstoff und Brillantine, sie haben es recht eilig mit dem Essen und werden eine Flasche Wein aufs Zimmer nehmen. Der Alte schreibt die Rechnung aus, Kalte Platte, Wein und Übernachtung, je zwei Mark Zuschlag für Frühstück, das nicht eingenommen wird. Er geht hinter die Theke zurück, dreht am Radio, bis er Zithermusik findet, der Alte hat eine Schwäche für Zithermusik, während der Brillantinekopf seiner Blondine flüsternd ein Kichern nach dem anderen entlockt.

Neue Gäste: ein Motor wird heruntergeschaltet, um die Auffahrt zur »Schönen Aussicht« zu nehmen, Räder im Schneematsch, Türenschlagen und Schuhe auf der Matte vor der Tür. Das übliche: ein Paar von nur flüchtiger Zusammengehörigkeit, Kalte Platte und ein Gläschen dazu, eine Flasche aufs Zimmer. Der Alte merkt auf einmal, daß er den Mann abscheulich findet. Das wundert ihn; es ist das erste Mal, daß er einen Gast kritisch betrachtet. Dabei kann er rein äußerlich keinen Grund für seinen Widerwillen finden, das ist ein Gast wie viele andere, wohlgenährt mit schütterem Haar, wabbelige Finger, ein lüsternes Grinsen.

Der Alte gießt sich einen Schnaps ein, ehe er zum Tisch geht. Er möchte den Kerl hinauswerfen, doch das kann er nicht. Er wird ihm kein Zimmer geben, dann müssen sie abfahren, beide. Das ist es. Er will nur, daß der Mann fährt, das Mädchen soll bleiben. Der Alte ist verwirrt; denn auch an diesem Mädchen ist nichts Besonderes, es ist kräftig gebaut, dunkel, nicht ganz so albern in ihrem Gehabe wie die Blonde. Sonst nichts. Der Kerl scheint sie zu langweilen, sie spielt mit Bieruntersätzen, nickt hin und wieder, sicher hört sie gar nicht zu. Dieser Esel spricht von seinen Abschlüssen. Pelzbranche. Vielleicht ist das der Köder.

Er nimmt die Bestellung entgegen; der Bursche will warmes Essen, das gibt es nicht, die Küche ist geschlossen. Schon diese winzige Abfuhr ist dem Alten ein Genuß. Wenn allerdings das Mädchen etwas Warmes essen wollte, dann wird er ihr eigenhändig ein Schnitzel braten, oder ein Steak, alles was sie will ... Das Mädchen hat keine Wünsche. Sie baut aus Bierdeckeln ein Haus. Nun schaut sie auf und lächelt ihn an, vertraulich, als ob sie alte Bekannte wären. Dabei weiß er genau, daß er sie nie gesehen hat, und wie er jetzt zur Küche geht, von ihrem Lächeln wie in eine Gänsehaut getaucht, weiß er außerdem: er will sie haben.

»Da hat der Blitz eingeschlagen«, sagt Vladimir.

»Das verstehe ich nicht«, sagt Cyril, »was war denn an der?«

»Genug, um den Alten verrückt zu machen«, sagt Nadine.

Der Alte ist verrückt. Als er das Essen vor sie hinstellt, zittert er, vielleicht zum ersten Mal in seinem Leben. Er sieht sie nicht mehr an, aber ihre Nähe macht ihm das Atmen schwer. Dann steht er eine Ewigkeit lang neben der Theke, an den Geschirrschrank gelehnt, weil seine Knie sein Gewicht nicht tragen, und wartet. Als der Pelzvertreter kurz die Stube verläßt, handelt er ohne zu überlegen. Er geht zum Tisch und sagt ihr, daß er ein Mädchen wie sie im Haus gebrauchen könnte.

»Für was?« fragt Bibi. Die anzügliche Frage treibt ihm das Blut ins Gesicht. Seine Hände halten die Stuhllehne fest.

»Für alles«, sagt er. Sie hat sofort begriffen, er sieht, wie sie überlegt. Das ermutigt ihn. »Schicken Sie ihn fort«, sagt er und weist mit dem Kopf nach der Tür.

»Das geht nicht«, sagt Bibi, »aber morgen ...« Dazwischen liegt eine Nacht, die er nicht ertragen wird. »Und wie komme ich hier wieder fort?« Die Tür geht auf, und der Mann kommt wieder.

»Ich bringe Sie, wohin Sie wollen«, sagt der Wirt.

Niemand will diese Nacht beschreiben, die höchstens fünf, sechs Stunden hatte, aber wie jede andere Hölle zeitlich nicht begrenzbar ist.

»Er hat sein ganzes Leben wiederholt«, sagt Cyril, »das läßt sich nicht in ein paar Sätzen fassen, das wäre ein Roman.«

»Es kommt nur auf den Morgen an«, sagt Sandra. Doch Vladimir hat Spaß an den Details: der Alte hinter dem Paar auf der Treppe, die eine Hand um den Zimmerschlüssel, die andere um das Geländer gekrampft, Mord im Herzen, von dem ihn nur ein Rest von Vernunft zurückhält: wenn er den Kerl jetzt umbringt, dann wird er auch Bibi verlieren ... Wie er mit Mühe die Tür öffnet und dann, flach und wie gekreuzigt an den Pfosten gedrückt, die beiden an sich vorbeiläßt ...

»Sie möchten geweckt werden?«

»Um fünf. Oder ist das zu früh?«

»Das ist nicht zu früh.« Bibi grinst. Sie schlendert durch das Zimmer, bleibt vor dem Spiegel stehen, zupft an ihrer Frisur und wartet, daß er geht. »Ich – bringe noch den Wein«, sagt der Wirt.

Immer neue Torturen: unten steht er vor der entkorkten Flasche und wünscht sich ein starkes, schnellwirkendes Schlafmittel, das er da hineintun könnte. Aber er hat keines. So muß er ihnen den Liebestrank servieren, der diesem Lumpen von einem Pelzhändler die letzte Hemmung und Bibi den berechtigten Abscheu nehmen wird ... Er schwitzt jetzt. Als er mit dem Tablett vor der Tür steht, hört er drinnen Gemurmel und möchte lauschen, aber der Herzschlag in seinen Ohren überdröhnt die Stimmen, er hat gerade noch die Kraft zu klopfen.

Der Kerl mit den wabbeligen Fingern nimmt ihm das Tablett ab, er hat die Jacke ausgezogen und trägt ein widerlich gestreiftes Hemd, der Alte sieht an seinem fetten Arm vorbei ins Zimmer und sieht im Zimmer die Biegung einer bloßen Schulter, honigfarben im Licht der Nachttischlampe, ein Stückchen Schulter ist nicht viel, aber es muß ihm genügen, er nimmt es mit wie einen Talisman, für diese höllische Nacht.

Dann ping, die Uhr in der Gaststube, die jede Viertelstunde schlägt, das ahnt kein Mensch, wie viele Viertelstunden eine solche Nacht hat, und der Alte mit der Schnapsflasche an demselben Tisch, an dem Bibi mit diesem Lüstling gesessen hat, er trinkt nicht viel, er nippt nur immer wieder, er will ja nicht betrunken sein am Morgen, er sitzt und zählt, ping, ping, die Viertelstunden.

»Er hat sein Leben wiederholt«, sagt Cyril. »Er hat die ganze Strecke abgesucht nach einem Anhaltspunkt für den Neuen, der da in ihm aufgetaucht war und von dem er keine Ahnung gehabt hatte: kein Alter, sondern ein unverbrauchter Fünfziger, einer, der nicht mehr verstand, wie er die lange Zeit mit nichts verbringen konnte, und der sich plötzlich leben spürte, ein Wilder und ein Narr.«

»Unsinn«, sagt Sandra, »das war nur eine von den vielen Viertelstunden.« Wir wissen, was sie meint: die langen Strecken von Verzweiflung, die mörderische Eifersucht, die ihn dazu treibt, mit der Flasche in der Hand nach oben zu schleichen, ein gräßlicher Entschluß: die Tür einzuschlagen und das Monstrum zu töten ... Aber seine Schwäche hindert ihn daran, auf dem Treppenabsatz sackt er zusammen, das Gesicht nach unten gekehrt, in seinem Blickfeld nichts als die Halterung einer Messingstange über einem roten Läufer. Er weint.

Eigentlich haben wir genug von dem Alten und seinem späten Frühling, aber wir wissen, wie wichtig gerade diese Szene ist: sie ist der Schlüssel zu Jeremys Schicksal, dadurch zu seinem Wesen, dadurch zu unserer Erfahrung; ohne diese Nacht in der »Schönen Aussicht«, so glauben wir, obwohl das müßige Spekulationen sind, gäbe es bei uns keine Božena, keine Sandra, vielleicht nicht einmal eine Dombrowskaja. Und darum –

»Das muß noch hinein«, sagt Vladimir, »dieser makabre Moment, als er auf der Treppe liegt, nicht mehr weinend, schon ergeben, und plötzlich seinen Namen hört, und wie er mühsam den Kopf hebt und ein paar Stufen über sich seine Frau stehen sieht, im langen Schlafrock und noch bleicher als sonst beim Schein der blauen Nachtbeleuchtung, und wie er sich anstrengt, um sich zu besinnen: wer ist das bloß? Was will die hier? Das ist«, sagt Vladimir, »ganz so wie damals bei der Dombrowskaja, als sie Dombrowskij am Frühstückstisch sah, dieses Gefühl, daß man sich umsehen und jemand anderen fragen müßte, wer das sein könnte ...«

»Aber wichtig war nur der Morgen.« Sandras Hartnäkkigkeit beunruhigt uns; wenn wir ihr jetzt nachgeben, dann sind wir, für eine lange Weile jedenfalls, verloren. Danach werden wir, ausgehöhlt von ihren Phantasien, nur schwankend zu unseren einzelnen Interessen zurückfinden. Glücklicherweise ist Cyril schnell im Handeln.

»Ein Kinderspiel, dieser Morgen«, sagt er, »verglichen mit der Nacht! Da brauchte er ja nur noch den Pelzvertreter aus dem Haus zu lassen – was ihm ein Vergnügen war, weil er sich an dessen Ärger über die unverhofft einsame Abfahrt weiden konnte – und brauchte nur den Schlüssel zweimal umzudrehen, einmal hätte auch genügt, aber das war eine symbolische Tat: einmal für jetzt und einmal für alle Zukunft, und hatte dann Zeit genug, um in der Gaststube das Licht auszudrehen und Schritt für Schritt noch einmal die Treppe hinaufzugehen. Hellwach war er da und klar bei Verstand. Er klopfte auch nicht an die Tür, sondern trat einfach ein und blieb dann stehen; schließlich ging er drei Schritte geradeaus und fiel dann auf die Knie, vor diesem zerwühlten Bett, das noch die Ausdünstung des Widerlings enthielt, doch das schien er gar nicht mehr zu merken... Und so wollen wir ihn auch verlassen, auf den Knien vor Bibis Bett, weil dies im Grunde sein endgültiger Platz war, den er bis zum Schluß beibehalten sollte ...«

»Wenn sowas nicht zum Fürchten ist«, sagt Anatol.

»Das Beste kam erst hinterher«, sagt Sandra.

»Sklaven«, sagt die Dombrowskaja, »sind kein Kompliment für eine Frau«, und Sandra schnappt zum ersten Mal zurück und sagt: »– aber eine Freude.«

Damals, als Jeremy ihr die Geschichte erzählte, war

Sandra längst nicht so beteiligt, im Gegenteil, sie ließ ihn merken, daß sie sich ein wenig langweilte. Sie lag neben ihm im Gras und kaute an einem Halm; hin und wieder klopfte sie sich mit den Fingerspitzen auf den Mund, wie um ein leichtes Gähnen zu verbergen.

»Glaubst du, daß er ein guter Liebhaber war?« fragte sie nach einer Weile, »ein so guter wie du?«

»Ein besserer wahrscheinlich«, sagte Jeremy, »sonst hätte sie mich nicht mit ihm betrogen.« Sandra begriff das nicht sofort; ihre pflanzenhafte Trägheit ließ kein plötzliches Erschrecken zu. Statt dessen stützte sie sich auf den Ellenbogen, sah Jeremy prüfend ins Gesicht, als ob sie noch einen Scherz vermutete und fragte dann: »Wieso betrogen? Wieso dich? Was hattest du mit ihr zu tun?«

»Sie war meine Frau«, sagte Jeremy, »ich habe sie geheiratet, im darauffolgenden Jahr, gar nicht lange nachdem ich sie zum ersten Male gesehen hatte, in unserem Lieferwagen auf dem Platz bei der Post, du weißt doch, als sie mich vom Bus abholte.«

»Nichts weiß ich«, sagte Sandra, »nichts.« Sie setzte sich auf und lehnte die Stirn an die Knie; danach sah es nur noch so aus, als ob Sandra auf der Wiese säße, in Wirklichkeit waren wir alle da, oder fast alle, in wirrem Durcheinander: immer wieder die Božena, von Mitleid geschüttelt, und immer wieder Anatol, der beteuerte, daß er das Leben nicht ertrüge, nicht sein eigenes und nicht das der anderen, dazwischen Nadine, entsetzt, »daß so etwas möglich ist.«

Kai: »Na bitte, das kommt davon«, wieder die Božena, die plötzlich alles verstand, und schließlich Cyril, der registrierte.

Ohne Cyril, das ist sicher, wäre Jeremys Geschichte in diesem Wirrwarr untergegangen.

Jeremy in diesen Semesterferien sah alles, wie er meinte: den neuen Mann, in den sein Vater sich verwandelt hatte, die Krankheit der Mutter, alles in allem das heftigere, jüngere Leben in der »Schönen Aussicht«, und den Grund dafür: Bibi. Er hielt sich für einen nüchternen Beobachter; der Alte, sagte er sich, ist in Bibi verliebt, die Mutter, unfähig, zu kämpfen, hat sich zu ihren Medizinen geflüchtet, Bibi selbst genießt ihre Stellung im Hause, ihre Macht über den Alten, ihre Selbständigkeit. Sie ist tüchtig; der Kaffee ist jetzt besser, die Speisekarte erweitert; wo sie einkauft, wird verdient; es gibt keine Schwierigkeiten mit dem Personal; sie ist die geborene Wirtin.

»Machen wir uns nichts vor«, sagte der Arzt beim Fortgehen – sie standen auf dem Treppenabsatz und Jeremy betrachtete die Halterung einer Messingstange über dem roten Läufer, dieselbe, die damals den Blick des Alten quälte, aber das wußte er natürlich nicht – »Ihre Mutter will ja gar nicht gesund werden. Da gibt es auch keine Hilfe. Sehen Sie zu, daß das Mädchen verschwindet, damit sie wieder Lust am Leben hat.«

»Ich bin hier nicht der Herr im Hause«, sagte Jeremy, »sprechen Sie mit meinem Vater.«

»Das habe ich schon mehrmals getan«, sagte der Arzt; er zuckte die Achseln und ging.

Bibi war nicht kokett; Jeremy gegenüber gab sie sich schwesterlich-unbefangen, sie kam zu ihm, wenn er mit seinen Büchern im Garten saß, und ließ sich von seinem Studium erzählen. Manchmal liefen sie zusammen ins Dorf, oder sie fuhren in die Stadt zum Einkaufen. Einmal gingen sie tanzen; Jeremy war bezaubert.

»Jetzt fange ich an, meinen Vater zu verstehen«, sagte er lachend zu Bibi, »weißt du überhaupt, daß der Alte bis über beide Ohren in dich verliebt ist?«

»Aber wo; dann würde er uns nicht so viel allein lassen.«

»Das ist nur Klugheit«, sagte Jeremy, »er weiß, daß er keine Chance hat.« Und Bibi legte den Kopf an seine Schulter, so daß er ihr Gesicht nicht sehen konnte.

Der Mutter ging es schlechter, und eine Verwandte von ihr zog in die »Schöne Aussicht«, zur Pflege, wie es hieß, aber in Wahrheit wohl, um den Gerüchten auf die Spur zu kommen. Die entscheidende Szene ließ nicht lange auf sich warten. Jeremy, der an einem verregneten Vormittag mit einem Buch unter dem Arm über den Korridor ging, hörte aus der Gaststube das seltsam gepreßte Lachen des Alten.

»Da bist du an der falschen Adresse«, sagte er, »da mußt du dich schon an meinen Sohn wenden. Wenn ich mich nicht täusche –« Jeremy öffnete die Tür, und der Alte sah ihm ins Gesicht und sagte »– ist er auf dem besten Wege, Bibi zu heiraten.«

»Ich – ja natürlich«, sagte Jeremy, »es ist nur noch eine Frage des Termins.«

»Von da an«, sagt Cyril, aber Vladimir, der solange geschwiegen hat, fällt ihm ins Wort: »... war das Angeln nicht mehr die einzige Gemeinsamkeit zwischen Vater und Sohn.«

»Pfui Teufel«, sagt Kai.

»... war nichts mehr aufzuhalten«, vollendet Cyril.

»Was denn zum Beispiel?« fragt Nadine, aber Cyril hört plötzlich nicht mehr, er hat seinen Bericht auf den Knien und fängt wie wild zu blättern an, zählt Seiten, verzählt sich, fängt wieder zu zählen an: »Um Gottes willen«, sagt er, »kein Wort mehr von Jeremy. Er ist schon jetzt doppelt so lang wie er sein dürfte, er wird mir den ganzen Bericht ruinieren!« Er fährt sich ins Haar und jammert vor sich hin. »Eine Nebenfigur, nichts als eine Nebenfigur, ich hätte das nicht zulassen dürfen ...«

»Egal jetzt«, sagte Nadine, »ich möchte wissen, wie es weitergeht.«

»Denkt euch den Rest«, sagt Cyril. Diese Rohheit ruft die Dombrowskaja auf den Plan.

»Du vergißt«, sagt sie, »daß wir uns nicht deinem Bericht zuliebe unterhalten, sondern um Nadine von ihrem, äh, Vorhaben abzubringen. Also weiter, du kannst es ja kurz machen.«

Ihre Flitterwochen verlebten die beiden in Jeremys Studentenbude, sechs zärtliche Wochen ohne größere Aufregung. Danach wurde Bibi unruhig, und Jeremy verstand das.

»Noch drei Semester«, sagte er, »dann bin ich fertig, und wir können eine Wohnung nehmen.« Einstweilen zog Bibi wieder nach der »Schönen Aussicht«. Ein Jahr lang führten sie eine Fernehe; dann starb die Mutter, und Jeremy fuhr nach Hause. Es war ein schneeloser Winter, nur Schmutz und Nebel. Auf dem Platz vor der Post stand der Lieferwagen.

»Ein Jammer um diese Szene«, sagt Vladimir, »die wäre ein ganzes Kapitel wert, und was machst du daraus? Du verschenkst die besten Sachen!«

»Nicht jetzt«, sagt Cyril, »ein andermal!«

Jeremy warf seinen Koffer hinten in den Wagen und ging dann nach vorn. Am Steuer saß der Alte, fremd in dem dunklen Anzug, starr, bleich, geschlagen.

»Jetzt ist es soweit«, sagte er statt einer Begrüßung. »Ich habe ihr nicht helfen können. Ich habe *mir* nicht helfen können. Ich kann mir nicht helfen.« Jeremy wollte dem Vater die Hand drücken, doch der machte sich an der Zündung zu schaffen. »Sie wird mir das verzeihen müssen«, sagte er.

Als sie aus dem Dorf heraus waren und über den Bäumen das Schieferdach der »Schönen Aussicht« auftauchte, fragte er: »Du hast gehört, was ich gesagt habe? Daß ich mir nicht helfen kann?«

»Ja, Vater.«

»Das wirst du mir auch verzeihen müssen«, sagte der Alte.

Was jetzt noch kommt, ist nur dieser eine Nachmittag nach dem Begräbnis: Jeremy im Zimmer der Verstorbenen, Papiere sichtend, ordnend. Der Alte auf einem Stuhl in der Ecke, die Hände vor dem Gesicht, laut atmend. Dann beide in der Tür zur Gaststube: sie sehen Bibi an, die in einem grellgeblumten Kleid am Tisch sitzt und aus Bierdeckeln ein Haus baut, das ihr aber immer wieder zusammenfällt, weil sie offensichtlich betrunken ist.

Erst lacht sie nur, das geht noch, aber dann spricht sie, und das ist schlimm, obwohl es nichts als die reine Wahrheit ist, falls das Wort »rein« in diesem Zusammenhang erlaubt ist; sie nimmt kein Blatt vor den Mund. Jeremy lernt die Dirne Bibi kennen. Als er geht, hat er auch das übrige erfahren, sogar die Sache mit dem Pelzvertreter, sogar die Sache mit seiner eigenen Heirat ... Bestätigt wird ihm all dies durch einen Blick auf den Alten, der neben der Theke steht, mit auf die Brust gesenktem Kopf, ein Angeklagter, der sich schuldig bekennt ...

Damit hat es sich, die Geschichte ist abgerollt, Jeremys Zukunft liegt fest: die Flucht in sein Studium, das sich glücklicherweise nur mit Vergangenem befaßt und ihm die Gegenwart erspart; seine Furcht vor Menschen, weil Menschen verwunden; seine Lügen. Was auch schon drinsteckt: die Begegnung mit uns, Nadine, Božena, Sandra; das Ende.

»Er wird wiederkommen«, sagt Sandra.

»Er ist nie wirklich gegangen«, sagt die Božena.

»Vergeßt ihn doch endlich«, sagt Nadine.

Penny, mit ihrer Schwäche für Väter, bohrt jetzt mit Fragen nach dem Verbleib des Alten.

»Es ist gar nicht wahr, daß beide tot sind«, sagt sie, »nur Bibi ist tot. Aber Cyril will ihn weghaben, damit es einen besseren Schluß gibt, Cyril bringt die Leute um, wie er Lust hat. Wenn ich dasselbe machen würde ...«

Cyril gibt nach. Gut, gut, der Alte lebt; er sitzt in der »Schönen Aussicht« und verkommt langsam, zusammen mit seinem Betrieb, um den er sich kaum noch kümmert. Meist findet man ihn am Bach, beim Angeln, der Himmel weiß, woran er dabei denkt. Von dem Unfall hat er keinen Schaden behalten, keinen äußerlichen jedenfalls.

»Ich will mich nicht um Wahrheit streiten«, sagt Cyril, »aber geschlossener wäre die andere Fassung: der Alte und Bibi in ihrem Lieferwagen auf dem Platz vor der Post. Es nieselt. Sie haben gerade den eingeschriebenen Brief von Jeremys Anwalt abgeholt, den mit der Scheidungsklage. Bibi faltet den Bogen zusammen. ›Na und‹, sagt sie, ›es ist ja doch das beste. Was meinst du‹, fragt sie, ›sag doch was!‹ Der Alte macht sich an der Zündung zu schaffen. ›Er wird mir das verzeihen müssen‹, sagt er. Danach ist nur noch die nasse Straße, der Nebel und hinter dem Dorf eine Kurve, in der schon viel passiert ist. Und wieder Jeremy in dem leeren Haus, eine makabre Wiederholung: mit Papieren beschäftigt, Nachlässe ordnend ...«

»Gut, daß das Leben nicht so kitschig ist«, sagt Kai.

»Hast du eine Ahnung«, sagt Cyril.

Nadine verliert die Geduld. Dieser Jeremy habe sie schon früher zu viel Zeit gekostet, und Nerven, und überhaupt, wenn man's genau nimmt, ihre ganze bürgerliche Existenz ... obwohl er die Privatangelegenheit von Božena und Sandra gewesen sei, beileibe nicht die ihre ... Und so fort, wir kennen das; wir hören schon nicht mehr hin.

Schlimm genug, daß Jeremy den anderen immer noch so wichtig sei, doch Cyrils Unsitte, sich Möglichkeiten auszudenken, mache die Sache vollends unerträglich ...

»Wenn wir alle ›wenn‹ sagen würden! Das ist ja gar nicht auszudenken! Wenn ich damals nicht Dombrowskij genommen hätte, sondern einen anderen ... Wenn die Božena bei Dombrowskij erschienen wäre, statt bei Jeremy ... Wenn Kai nicht zur Zeitung gegangen wäre, sondern mit Viola nach Amerika ...«

Das hätte sie nicht sagen dürfen.

»Wieso nicht auszudenken?« fragt Kai. »Das denke ich mir schon seit langem aus. Das wäre *so* gewesen –«

»Ein andermal«, sagt Nadine, »nicht jetzt.«

»Doch, doch«, sagt Kai, »jetzt.«

Nadine greift sich an die Schläfen; da ist schon nichts mehr zu machen.

Kai, die uns zwingt, zurück und in einer anderen Richtung weiterzugehen, einen Haken zu schlagen, den wir gerne vermieden hätten, weil er uns überflüssig erscheint, uns ablenkt, uns auf das Thema »verpaßte Gelegenheiten«

bringt, das unbefriedigend, unerquicklich, unerschöpflich ist ... Nur die Dombrowskaja ist neugierig: »Laßt sie, ich möchte wissen, was dabei herauskommt.«

Was herauskommt: Kai, die an einer bestimmten Stelle (eingeklemmt zwischen Klappbett und Kleiderschrank) in einem bestimmten Augenblick (Nachkriegsnovember, drei Uhr nachmittags) auf eine bestimmte Frage (ja oder nein?): »Ja« antwortete statt »Nein«.

Der Lieutenant lächelte; insofern hatte sich nichts geändert. Neu war der Seufzer, mit dem er sein Lächeln beschloß.

»Goodness«, sagte der Lieutenant, »jetzt fängt erst der Papierkrieg an.« Der Verlobungskuß unterblieb. Dagegen verlangte er ihre Papiere.

»Welche meinst du denn, den Geburtsschein oder –«

»Alles, was du hast, jeden Zettel, den du finden kannst, egal was draufsteht, und möglichst mit Kopie!«

Erst als er schon in der Tür stand, schien er sie wieder zu bemerken, wie sie, eingeklemmt zwischen Bett und Schrank, an ihren Nägeln kaute und ihn ansah.

»Gar nicht wie eine Braut«, sagte er, »eher ein Tier in der Falle.« Er sprang über einen Stuhl, trat in einen Koffer und küßte Kai auf die Stirn. »Ich bin sehr gut zu Tieren«, sagte er, »und ich finde Bräute abscheulich.«

Er war sehr gut zu ihr, brachte ihr Sachen, die sie entzückten, einen Coupon roter Seide für ein Kleid – »vielleicht siehst du darin wie eine Frau aus, man kann ja nicht wissen«, Schuhe und ein Nachthemd aus Nylonspitze: »Das ist so üblich«, sagte er, »das muß dich nicht erschrecken.«

Er beklagte sich bei ihr über Juttas mangelndes Verständnis: »Sie will nicht einsehen, daß sie mit mir todunglücklich würde. Keine drei Wochen, sage ich zu ihr, und du würdest mich verlassen! Ein Schmierenschauspieler! Ein Mensch ohne Möbel! Ohne Bleibe! Aber nein – sie sieht nur das hier« – er klopfte sich auf die Schulterklappen – »und das, was sie die Aufstiegschancen nennt: die Armee wird dir einen Job geben, sagt sie, die Armee wird dich studieren lassen! Madonna mia! Und ich sage ihr: was du brauchst, ist ein Beamter, da ist der Aufstieg im Programm ...«

»Vielleicht liebt sie dich«, sagte Kai.

»Ah nein, das nicht, das bestimmt nicht«, sagte der Lieutenant.

Kai als die Braut und später junge Frau eines sehr gut aussehenden amerikanischen Offiziers italienischer Abstammung; die Leute wundern sich. Kurze Haare, lange Hosen, Ponyfransen; Augen öffnend, Nägel kauend: sie ist sich ihres Mangels an Weiblichkeit wohl bewußt, doch die Umstände hindern sie, diesen Mangel als einen Mangel zu betrachten. Jutta ist eine Frau, mit allen Mitteln einer solchen, und Jutta hat verloren. Kai kennt weder Eifersucht noch Triumph, der unfreiwillige Sieg bedrückt sie eher, sie möchte zu Jutta gehen und sich entschuldigen, doch Jutta will nichts von ihr wissen.

So werden sie getraut, in einem Büro mit zwei Offizieren als Zeugen, Kai in einem Gabardine-Kostüm mit einem Strauß Nelken in der Hand, den sie wie einen Tennisschläger trägt. Im Casino essen sie Truthahn, und der Lieutenant kneift sie in den kleinen Finger und flüstert: »Wach auf! Das soll einer von den großen Momenten sein! Der Truthahn fürs Leben!«

»Fürs Leben« war ein neues Wort, seit dem Lateinunterricht hatte sie es nicht mehr gehört, »non scholae ...«, und ernst genommen hatte sie es schon damals nicht, auch Viola nahm es nicht ernst, das sah sie, aber eine Frage blieb zurück: fürs Leben, hieß das: für lange? für immer? für ganz? Sie sah Viola von der Seite an, er war schön, nicht nur stattlich, nicht nur gutaussehend, sondern schön, wie ein Römer. Später Erbe, fahrend Volk. Auch seine Eltern waren schön gewesen, »bis zum Tod«, hatte er gesagt, »was leicht ist, wenn man jung schon stirbt«. Auf dem Bild standen sie am Zaun eines lustigen Häuschens, das nicht das ihre war. »Ein Trick meines Vaters«, sagte Viola, »er liebte die Tricks; sie hatten nie ein Haus und wollten auch keines. Fahrendes Volk«, sagte er, »Vaganten. Wie du und ich.«

Die Uniform stand ihm so gut. Verguck dich nicht in meine Uniform, hatte er gesagt, die gehört nur zur Rolle ... Sie verguckte sich nicht, weder in die Uniform noch in den Römerkopf. Sie hatte ihm erlaubt, sie aufzulesen und mitzunehmen, mehr nicht. Maisgemüse, gebleichte Selleriestauden, aus dem Lautsprecher flossen Süßigkeiten, die für Freundinnen gedacht waren, nicht für Ehefrauen: »A Rose must remain with the sun and the rain ...« und »I'll be loving you, always ...«

Sie nahmen Glückwünsche entgegen und wußten nichts damit anzufangen.

»Du mußt dir vorstellen, daß du auf der Bühne bist«, sagte Viola, »du hältst dich an deine Rolle, weiter nichts. So mache ich es, dann geht es leichter. Nachher, wenn der Vorhang fällt, bist du wieder du selber.« Das war die Schwierigkeit: sie wußte nicht, wer sie selber war.

– Eine gräßliche Geschichte, darüber sind wir uns einig: wie kann man ein solches Kind heiraten lassen? Und noch dazu eine so undurchsichtige Type wie diesen Lieutenant Viola? Ein Mädchen, so jammert die Božena, das vom Leben noch nichts gesehen hat als eine wohlbehütete Kinderstube ... Hier werden die ersten Proteste wach: »Wer aus Pennys Schule kommt, dem kann nicht viel passieren«, und: »Heiraten ist ja nicht das Schlimmste …«, »Er wird sie nicht gleich fressen.«

Ein Mädchen, so jammert die Božena weiter, das darüber hinaus keinen Dunst von ihrer eigenen Person hat, das noch gar nicht wissen kann, was alles in ihr steckt, was möglich ist …

Jetzt wird offen gelacht. Die Božena hat's nötig. Als ob sie viel von sich gewußt hätte, damals, und selbst heute noch … Aber es geht schon weiter:

Mrs. Viola an Deck eines Ozeandampfers, bei diesigem Wetter, eingemummt. Nichts hat sich geändert. Der Lieutenant hat den Arm um ihre Schulter gelegt, er hält sie wie ein Bündel aus Pelz und Wolle, er küßt sie auf die salzige Wange und fragt: »Ist es sehr enttäuschend, verheiratet zu sein?«

»Nein, gar nicht, ich habe doch nichts erwartet.«

»Ah«, sagt er, »da habe ich Glück gehabt!« Sie weiß noch immer nicht, warum er über sie lacht, aber sie merkt, daß er nicht unglücklich ist, das genügt ihr.

»Erwartest du überhaupt etwas, mein Herz?« Darauf bekommt er eine sehr vage Auskunft: eine Handbewegung, die den Nebel umfaßt, und ein Schulterzucken.

»Aber es ist mir nicht langweilig dabei«, sagt sie, wie zur Entschuldigung.

Eine Überfahrt im Nebel, Sicht versperrend, wo ohnehin nichts zu sehen ist, und, in der Mitte zwischen zwei Kontinenten, hier noch nicht los und dort noch nicht verankert, Violas neue Gegenwart.

Sie tanzten Jitterbug in der Kabine, in gleichen Pyjamas, da sie sich vor dem Nachthemd fürchtete, und Viola wurde so ausgelassen, daß er schließlich allein tanzte, mit Beinen wie Gummi, verwegen verrenkt … Am Ende faßte er sie bei der Hand und verneigte sich mit ihr: »Die Viola Brothers hatten die Ehre!«, und sie lachten atemlos. Ein wenig später steckte er den Kopf aus der oberen Koje und sagte: »Ich hätte dich adoptieren sollen; dann könnte ich jetzt noch immer eine Blondine heiraten.«

»Aber warum denn, wenn du mich doch hast.« Sie war zu allem bereit, gehorsam.

»Ich komme mir wie ein Idiot vor«, sagte Viola, »aber das gibt sich vielleicht noch.«

»Erklär mir, was die Leute dabei finden«, sagte sie, »ich meine, wenn sie miteinander schlafen. Das ist doch überhaupt nichts! Und alle machen so ein Getue damit.«

»Das kommt«, sagte Viola ernsthaft, auf ihrer Bettkante sitzend und ihr den obersten Knopf des Pyjamas zuknöpfend, »weil da noch etwas ist, das die Leute verrückt macht und das du, in deinem engelgleichen Übergangszustand, noch nicht bemerkt hast. Vielleicht, wenn du mich liebtest ...«

»Liebe ich dich denn nicht?«

»Ein bißchen, und anders.«

»Und du? Liebst du denn mich?«

»Auch anders«, sagte Viola, »aber sehr.«

Da war eine Wohnung ohne Möbel, wie er versprochen hatte, das heißt, die Möbel waren zum größten Teil aus Plastik, sogar die Schränke und Kommoden. Alles übrige, Betten, Tische und Stühle, bestand aus Leichtmetall: »Alles gehört uns«, sagte Viola, »und alles zusammen ist gerade eine Autoladung; wir sind frei.«

Viola als Zivilist war immer noch schön, nur auf eine legere Art, selbst in Hut und Mantel sah er noch aus wie ein Fischerknabe, der einen Stadtbesuch macht. Jeden Morgen ging er fort, jeden Abend kam er wieder, müde, aber lustig. »Ich spiele nur bei Tage«, sagte er und erwartete keine Fragen, also fragte sie nicht. Einmal wollte sie wissen, wo er denn spielte, in welcher Gegend, und sie hatte den Stadtplan bereit, damit sie die Stelle mit dem Finger suchen konnte, aber darauf ging er nicht ein: »Überall, immer woanders«, sagte er, und sie faltete den Plan zusammen. Sie wollte ihn nicht belästigen.

Dabei geht es ihr sehr gut in New York, Viola gibt ihr Taschengeld, und sie hat fast keine Arbeit mit ihm, nur Frühstück und Abendessen und zwei Zimmer sauberhalten, das ist fast eine Spielerei. Sie bummelt tagsüber durch die Straßen, ein Teenager in Ponyfransen und mit großen Augen, sie entdeckt die Untergrundbahn und die Dime-Stores, und manchmal geht sie am Nachmittag in ein Kino, knackt Popcorn und holt dabei die frühen Jahre nach, die ihr zwischen Schule und Krieg zerronnen sind, herrliche Jahre, wie sie jetzt sieht, sie hat es sich nicht so vorgestellt.

Leute, mit denen sie ins Gespräch kommt, meist junge Mädchen wie sie oder ältere, mütterliche Frauen, fragen sie, wo denn ihre Eltern wohnen. Sie nennt dann die Gegend, ohne den Irrtum zu berichtigen; sie führt ein Doppelleben.

Am Abend berichtet sie ihm von ihren Erlebnissen.

»Merkwürdig«, sagt Viola, »du wirst immer jünger. In Deutschland hast du noch wie neunzehn ausgesehen, jetzt kann man dich für sechzehn halten. Noch ein paar Monate, und sie verhaften mich als Kinderverderber.« Solchen Scherzen gegenüber ist Kai ratlos.

»Tut es dir leid«, fragt sie, »daß du mich geheiratet hast?« Aber nein, wie konnte es ihm leidtun, wenn eine Frau zu rasch altert, dann wäre das eher ein Grund, aber so ...

»Du«, fragt sie plötzlich, »warum hast du mich überhaupt geheiratet? Sag mir den Grund!« Zunächst versucht er es mit Scherzen: »Wegen deines Geldes«, sagt er, »wegen deiner hinreißenden Sinnlichkeit ... Wegen deiner übergroßen Liebe zu mir ...« Sie achtet zum ersten Mal auf seine Stimme; der Ton ist bitter. Sie senkt den Kopf. Auf dem Tisch stehen noch die Teller vom Abendessen, die Ketchupflasche, Biergläser; Weißbrotkrümel.

»Es tut mir leid«, sagt sie. Sie fühlt sich jetzt wirklich sehr jung, zu jung für all dies, fast ein wenig lächerlich in dieser Umgebung, in der sie die Hausfrau spielt und sich dabei wie ein kleines Mädchen vorkommt, das der Mutter bei der Arbeit hilft, doch da ist keine Mutter, und für einen Vater ist Viola viel zu jung, er könnte höchstens ihr Bruder sein, die Viola Brothers haben die Ehre ...

»*Mir* tut es leid«, sagt Viola. Kai bedauert jetzt, daß sie niemals seine Freundin gewesen ist: auch eine Stufe, die sie übersprungen hat, so wie die grünen Jahre, die sie gerade nachholt. Wann wird sie das andere nachholen? Und wann die Ehejahre, die sie jetzt verpaßt? Wann wird die richtige Zeit mit der richtigen Zeit zusammenfallen?

»Ich war sehr allein«, sagt Viola. Jetzt merkt sie erst, daß er den Ton gewechselt hat; er scherzt nicht mehr. Er steht am Fenster und schaut auf die Straße; Klinkerhäuser mit je fünf Stufen, die zur Haustür führen, und zierlichen Geländern, alle gleich und gleich auch die Ahornbäumchen auf der anderen Straßenseite, sie sind noch jung, und ihre Stämme wirken dünner als die Stützen, an die sie festgebunden sind.

So, mit dem Rücken zu ihr, hat er schon einmal an einem Fenster gestanden, das ist ein knappes Jahr her. Draußen war Stacheldraht und Off Limits, von hinten gesehen, stimiL ffO. Er ist noch immer allein.

»So wie ich lebe, und gerne lebe, bin ich für eine normale, bürgerliche Frau nicht zumutbar.« Das versteht sie nicht; soll das schon wieder ein Witz sein? Nicht zumutbar? Eine Zweizimmerwohnung in einer hübschen Straße, genügend Geld, daß nicht davon gesprochen werden muß, solide ist er auch, jeden Abend zu Haus, dazu seine römische Schönheit – nicht zumutbar? Alle Juttas dieser Welt würden sich die Finger nach ihm lecken ...

»... und ein Bär«, sagt er, »ist auf die Dauer sehr wenig als Gesellschaft.«

»Ein Bär?«

Ihr schöner Viola scherzt nicht; er besitzt einen Bären, ein Märchentier, und hat es ihr verheimlicht. Er hat sich jetzt umgewandt und die Arme verschränkt; er beobachtet sie.

»Wie groß?« fragt Kai.

»Größer als ich.«

»Kann er tanzen?«

»Natürlich«, sagt Viola, »davon leben wir ja.« Eine Minute lang bleibt er noch stehen und wartet, forscht in ihrem Gesicht. Kai kaut Nägel. Daß er sich endlich hinsetzt, zeigt, daß er nichts mehr fürchtet, oder nicht viel.

»Du siehst«, sagt er, »daß man mit einem solchen Beruf keine bürgerliche Frau nehmen kann. Meine Chance war der Krieg«, sagt er, »das Treibgut. Du.«

»Ah«, sagt sie, »jaja, jetzt versteh ich.« Sie steht auf und trägt die Teller in die Kitchenette.

»Wirst du mich mitnehmen?«

»Wenn du das möchtest.« Natürlich möchte sie. Sie wäscht jetzt das Geschirr ab, weil sie morgen früh keine Zeit dazu haben wird; er wird sie ja mitnehmen, morgen und alle Tage. Etwas Neues fängt an.

Viola hat wieder Zweifel.

»Ich weiß nicht, ob du es dir richtig vorstellst: wir sind keine geachteten Leute. Neugier und Mitleid, mehr haben wir nicht zu erwarten, nicht von den Erwachsenen jedenfalls. Mit den Kindern ist es etwas anderes, die gehören zu uns. Wenn du dich damit abfinden kannst ...«

»Oh, leicht«, sagt Kai. Es kann ihr nur recht sein; nicht die Leute bekümmern sie, sondern der Bär.

»Wie heißt er?«

»Jobo.« Sie fährt herum.

»Was ist denn?«

»Sag es noch einmal.«

»Jobo.«

»Mein Gott«, sagt sie, »mein Gott. So hast du *meinen* Namen nie gesagt.«

Kais erste Begegnung mit Jobo fand im Halbdunkel statt, im Zwielicht des Schuppens, der Jobos Wohnung ist und den ein süßlich-scharfer Geruch durchzieht, das einzig Raubtierhafte an Jobo, der sonst ein Teddy ist, ein Riesenspielzeug.

»Ah«, sagt sie, »er ist lieb.«

Sie schauen einander in die Augen, weil die das einzige sind, was in diesem Dämmerlicht zu erkennen ist, Jobos Augen sind größer als die von Kai, wirken aber kleiner, weil sein Kopf größer ist, die ihren wirken groß in dem kleinen Gesicht. Jobo setzt sich auf und schnüffelt.

»Er mag dich«, sagt Viola.

»Er mag sie!« ruft Cyril und greift sich mit beiden Händen an die Stirn, »er mag sie! Soll ich euch sagen, wie es weitergeht? Jobo wird Kais Spielgefährte; ein bunter Traum tut sich auf: selbdritt ziehen sie durch die Höfe, immer an der Peripherie der großen Stadt entlang, da wo die letzten Tankstellen ins Grüne übergehen, von Kindern umjubelt, von Erwachsenen beschenkt, von allen begafft... Viola an der Drehorgel, und Jobo tanzt, kokett und leidenschaftlich, das hat er früher nicht getan, das tut er erst, seit Kai dabei ist ... Und Kai, in blue jeans und einer Indianerjacke mit Fransen, reicht den Hut herum.

Sie ist noch jünger geworden. Auf ihrem Rückschritt von der Neunzehn- zur Sechzehnjährigen hat sie nicht Halt gemacht, nein, sie hat bereits das Stadium der Zehnjährigen erreicht, so daß sie nun tatsächlich als Violas Tochter gilt, und bitte: damit hat sie sich auf Umwegen eine Kindheit verschafft, die ihr nie gehört hat, sie ist Klein-Kai geworden, nicht Penny ... Eine unmögliche Geschichte.«

Cyril ist unfair, und wir sagen es ihm. Er hat kein Recht, sich in Kais Geschichte zu mischen, sie muß es besser wissen.

Aber Kai ist nicht einmal gekränkt, nur nachdenklich, ein wenig wehmütig: »Manches stimmt schon«, sagt sie, »wie Jobo tanzt, zum Beispiel, und auch die Gegend, da wo die Tankstellen ins Grüne übergehen ...« Nur das mit der Zehnjährigen, erfahren wir, das stimmt nicht: weil Kai nämlich nicht jünger wird, sondern älter, oder doch nicht älter, nur anders, das ist es, anders.

Sie hat jetzt eine Aufgabe: Jobo. Jobos Gesundheit, Jobos Schönheit. Jobos Wohlbefinden. Noch nie hat sie sich in diesem Maße für ein anderes Lebewesen interessiert, nicht einmal für sich selbst. Sie ist verwandelt: am Morgen springt sie aus dem Bett und hat es eilig, zu Jobo zu kommen, der ihren Schritt von weitem erkennt und ungeduldig an der Holzwand kratzt ... Sie mischt ihm Lekkerbissen ins Futter, und wenn Viola ihn striegelt, dann sitzt sie neben ihm und streichelt ihm die Tatzen, krault ihm die Ohren ...

Bald nimmt er sein Futter nur noch von Kai; was Viola ihm hinstellt, stupft er mit der Tatze fort. Auch führen läßt er sich nur noch widerwillig von ihm, während er hinter Kai herläuft wie ein Hündchen. Wenn sie in die Hände klatscht, tanzt er auch ohne Musik. Ein Bär in Minne.

Viola weiß noch nicht, was er von alledem halten soll; anfangs ist er nichts als glücklich über die unverhofft günstige Entwicklung, die die Dinge genommen haben, doch schon nach einigen Wochen läßt die Freude nach; er fühlt sich ausgeschlossen. Wenn er früher einsam war, so ist er es nun doppelt: nun hat er nicht einmal mehr Jobo.

Als Kai ihm vorschlägt, die teure Wohnung in der Stadt aufzugeben und in die Scheune neben Jobos Verschlag zu ziehen, die sich mit ein paar kleinen Änderungen in ein hübsches Wohn-Schlafzimmer verwandeln ließe, wird er zum erstenmal grob und erklärt ihr, daß das Geld bis jetzt immer noch seine Sorge sei, wenigstens das Geld, sagt er, wenigstens das. Im übrigen könne sie ja zu Jobo ziehen, wenn ihr das lieber sei, der Umzug sei keine Schwierigkeit, ein paar Handgriffe und gut.

»Aber ich verstehe nicht –«

»Ach, halt den Mund!« Er schreit jetzt, schmettert eine Tür ins Schloß, kommt bis zum Morgen nicht nach Hause.

Wenn ein Mann wie Viola grob wird, dann ist sein Untergang gewiß, denn dann haben sich alle anderen Mittel als untauglich erwiesen. Kai anschreien heißt, seine Niederlage eingestehen. Als er gegen Morgen nach Hause kommt, ist er so sinnlos betrunken, daß er Kai für einen Feind hält und die Hand gegen sie hebt, dann aber seinen Irrtum einsieht und schluchzend auf sein Bett sinkt. Kai verhält sich wie eine Ehefrau, sie zieht ihm die Schuhe aus und deckt ihn provisorisch zu, obwohl er noch im Mantel ist; sie beugt sich über sein Gesicht und erkennt in den vom Alkohol zerweichten Zügen voll Trauer die Spuren seiner einstigen Schönheit.

An diesem Tag betreut sie Jobo zum erstenmal allein. Das Striegeln ist nicht so schwer, wie sie gedacht hat. Sie macht häufige Pausen, in denen sie Jobo mit beschönigenden Worten von der plötzlichen Schwäche seines Herrn berichtet.

»Aber wir werden es ihm verzeihen, nicht wahr, Jobo?« Jobo wiegt sich auf den Hinterpfoten und brummt ein wenig.

Sie erzielen enorme Gewinne: wer immer das zarte Mädchen neben dem Bären sieht, greift unwillkürlich zur Brieftasche, so wie man sich früher nach dem Herzen griff, erschrocken und voll Mitgefühl. Kai dankt mit einem Lächeln, und Jobo macht Männchen. Die Kinder wissen sich vor Freude nicht zu lassen.

Ein herrlicher Tag; doch am Abend wird Jobo in seinen Stall gesperrt, und Kai muß in die Stadt zurück. Zum erstenmal hat sie ein Gefühl von Zwang.

Viola sitzt am Tisch und trinkt; er hat eine Ginflasche vor sich stehen und ein Wasserglas. Auf dem Boden rollen leere Bierbüchsen herum. Wahrscheinlich hat er den ganzen Tag gewartet; er hat geglaubt, daß sie nur hinausgefahren sei, um Jobo zu füttern, und daß sie danach gleich wiederkäme. Nun kommt sie herein und legt den Beutel mit dem Geld auf den Tisch; Viola läßt das Glas los und tastet nach dem Beutel, er läßt die Hand darauf liegen, als habe er keine Kraft mehr, sie zurückzuziehen, er schaut mit blutunterlaufenen Augen zu Kai auf und lacht verlegen, beschämt, als habe sie ihn bei einer Lüge ertappt.

»Lieutenant!« sagt Kai; es ist das erste Mal, daß sie ihn so anspricht, und sie weiß selbst nicht, warum sie es tut. Vielleicht ist es ein Versuch, ihm die Zeit seiner besten Rolle zurückzurufen, die lässige Selbstgewißheit, die makellose Uniform. Vielleicht auch will sie ihm den Abstand zeigen, der zwischen ihnen liegt und der sich seit jenem Barackenzimmer und dem Stacheldraht um nichts verringert hat. Es ist kein Vorwurf, nur ein Hinweis.

Viola läßt den Kopf auf die linke Hand fallen, die rechte liegt immer noch auf dem Geldbeutel, daneben steht die Flasche mit dem Gin und das Wasserglas, er sieht jetzt aus wie ein Säufer, der seinen letzten Griff nach Betäubung tut, dabei atmet er ruckweise, mühsam, Kai steht daneben und sieht zu, wie er in einer Art schwarzlockigen Elends versinkt, »fahrend' Volk« denkt sie, und ein Satz fällt ihr ein, den er von seinen Eltern gesagt hat: »Das hat seine eigenen Maße; das lebt sich heftig, aber kurz.«

Sie kümmert sich um alles, selbst um Dinge, die ihr vorher unbegreiflich erschienen sind, wie Steuern und die Verlängerung der Schausteller-Lizenz. Viola geht immer seltener mit zu Jobo; meist ist er schon betrunken, wenn sie am Abend nach Hause kommt, und am Morgen unfähig aufzustehen. Manchmal sieht es aus, als ob er sie schlagen wolle, doch sie ist auf der Hut; sowie die Wildheit in seine Augen kommt, läuft sie schon fort. Und sie hat es sich angewöhnt, beim Nachhausekommen vorsichtig die Tür zu öffnen, erst einzutreten, wenn sie den ganzen Raum überblickt hat. Eines Tages, glaubt sie, wird er mit einem Knüppel oder einem Messer in der Hand hinter der Tür stehen und ihr auflauern; sein Haß verengt sich zusehends auf diese eine Möglichkeit.

Doch soweit kommt es nicht, denn noch ehe er ihr etwas zuleide tun kann, begeht er seinen Fehler und greift Jobo an. Jobo ist unangreifbar. Am Morgen findet Kai ihn neben seinem Herrn sitzend, unruhig und mit verschlagenem Blick, das Messer liegt seitlich im Stroh, Jobos Pranke blutet aus einem winzigen Stich, Violas Rückgrat ist mehrfach gebrochen ... Kai muß den Besitzer der Scheune als Zeugen rufen, die Polizei muß kommen und bestätigen, daß Viola nicht nüchtern war und daß es sich demnach bei Jobo um Notwehr gehandelt hat, nicht um Bösartigkeit ...

»Sie sehen, wie zahm er ist«, sagt Kai und stellt sich vor den aufgerichteten Jobo, der sie mit beiden Pranken umfängt, ein Bild von haarsträubender Zärtlichkeit.

So geht es weiter ... Kai und Jobo auf den Landstraßen, an den Peripherien der großen Städte, alle Jahre fast wechseln sie den Ort, Möbel aus Plastik und Leichtmetall im Wagen, Jobo in seinem vergitterten und verschalten Anhänger, der ein kleines Fenster mit rotgewürfelten Vorhängen hat, durch das er Kai am Steuer sehen kann ... Alle paar Jahre, wenn ihr Weg sie nach New York führt, nimmt Kai sich einen halben Tag frei, bindet ein dunkles Kopftuch um und geht auf den Friedhof zu Violas Grab, das neben dem seiner Eltern liegt und von der Verwaltung tadellos gepflegt wird. Sie legt einen leichten Kranz nieder und versucht sich zu erinnern: wer war er? Der Leutnant, der Bruder, der Säufer, der Feind? Der Bärenführer? Sie sucht lange, kniend und mit gefalteten Händen vor dem Stein, der seinen Namen trägt, aber sie findet ihn nicht; es ist wie damals auf der Überfahrt, ein salziger Nebel, in dem er sich verborgen hält und den sie mit aufgerissenen Augen zu durchdringen sucht, Nägel kauend ...

»Pfui Teufel«, sagt Cyril, »die ist schlimmer als Penny ...«

»Es war meine Schuld«, sagt die Dombrowskaja, »ich hätte sie nicht ermuntern dürfen ...«

»Aber sie hat doch immer nur das Beste gewollt«, sagt die Božena.

Sandra träumt von einem Bären.

Von dieser Geschichte behalten wir einen üblen Geschmack im Mund; nur Kai bleibt unberührt, großäugig, passiv.

»Ein sauberer kleiner Racheakt«, sagt Cyril, »darauf läuft's wohl hinaus.«

»Das hätte ich mir denken können«, sagt die Dombrowskaja, »ein Übermaß an Unschuld ist immer suspekt.«

»Aber *mich* beschimpft ihr«, schreit Penny, »ich bin das Aas und der Satansbraten! Wenn Kai dasselbe macht, sagt keiner was! Die darf!« Sie bringt uns in Verlegenheit. Jetzt wird selbst Kai aufmerksam.

»Was habt ihr denn bloß? Hat es euch nicht gefallen?« Ihre Reinheit ist wirklich erschreckend.

»Nein«, sagt Cyril, »es hat uns nicht gefallen.«

»Es war ja auch nur eine Vorstellung: wie es gewesen wäre, wenn ...« So unbefangen ist sie. Ihre Stimme hat einen metallischen Klang, aus ihren Augen blinkt die Unschuld, »die Unschuld«, sagt Vladimir, »einer frisch polierten Guillotine«.

»Da ist nichts zu machen«, sagt die Dombrowskaja, »da hilft nur eines: schuldig werden lassen, so lange, bis sie's merkt. Das bringt die Zeit«, sagt sie, »das kommt von ganz allein.«

»Nicht bei mir«, sagt Kai, »nicht bei mir.«

Anatol hat einen Rückfall gehabt, das ist kein Wunder nach all diesen Aufregungen, im Grunde ist es Nadines Schuld, zur Zeit ist alles Nadines Schuld, doch diese Erkenntnis hat rein informativen Wert, bei uns wird nicht verurteilt, wir sind ja kein Gericht.

Ein Satz: »... wie es gewesen wäre, wenn ...« – ein solcher Satz genügt schon, um Anatol den Boden unter den Füßen wegzuziehen. Der Abgrund öffnet sich für ihn und somit auch für uns; wir hätten besser aufpassen müssen; wir hatten ihn vergessen. Zu glauben, daß wir allein im Hause sind, ist ein Fehler, den wir immer wieder begehen und den wir uns am wenigsten leisten können.

Er geht im Zimmer auf und ab; wir kennen diese heftige Bewegung, ein starker Motor treibt ihn, keiner könnte ihn jetzt aufhalten, wir müssen warten, bis der Treibstoff verbraucht ist, und wir wissen nie, wieviel er davon hat.

»... gewesen wäre, wenn ...« sagt Anatol. »Nur einmal angenommen: wenn Penny einen Meter mehr gehabt hätte? Den Meter, der ihr fehlte? Nur einmal angenommen ...« Er bleibt stehen und schlägt sich vor die Stirn. »Mord und Totschlag«, sagt er und fängt wieder an zu gehen, »nein, kein Totschlag, nur Mord. Sie hätte ihre Umgebung ausgerottet, die Menschheit reduziert.«

»Na und?« schreit Penny dazwischen, »na und? Wessen Schaden?«

»Dann Kai«, sagt Anatol, »noch schlimmer: die Reinheit selbst, das Herz voller Ideale, und zack –«, er schlägt sich die Handkante gegen die Kehle, »die Sünde ist gerichtet. Die Sünde des Lieutenants: daß er sie nicht als Frau ansah. Habt ihr das nicht gemerkt? Das war vom ersten Augenblick an drin. Was sah sie denn in dem Barackenzimmer, als sie die Aufmerksamkeit des Lieutenants mit ihrer Angst-Suada zu fesseln versuchte, da es ihr, dürr, flach und heuschreckenbeinig wie sie war, auf andere Art nicht gelang? Den Stacheldraht sah sie, wie er unter dem Kinn des Lieutenants hindurch quer über seine Kehle lief: sein Tod war schon beschlossen.«

»Das ist nicht wahr«, sagt Kai, »das ist nicht wahr.« Wir fürchten uns jetzt: wenn keiner ihn zum Schweigen bringt, wird er uns alle mit hinunterziehen. Vladimir? Doch Vladimir ist ein gespannter Zuhörer; er will nur wissen, wie es weitergeht. Auch die Dombrowskaja hilft uns nicht, sie zieht die Schultern hoch und breitet die Hände aus, machtlos. Wir können nur hoffen, daß Anatols Motor sich totläuft, daß er müde wird.

»... gewesen wäre, wenn«, sagt Anatol. »Wenn Cyril zwei oder drei Jährchen früher zur Zeitung gekommen wäre, also nicht *nach* dem Kriege, sondern *im* Krieg? Cyril mit seinem Eifer, seiner Arbeitswut, entschlossen, seinen von Kai übernommenen Idealen, dem Guten, Wahren, Schönen, zu dienen, mit allen Mitteln, versteht sich, und blindlings bereit, das Gute, Wahre, Schöne zu akzeptieren, wo immer man es ihm servierte, und wie: als Traum einer Herrenrasse etwa, als nordischen Mythos ... Was für ein Monstrum er geworden wäre«, sagt Anatol, »eines von denen mit der hehren Stirn und dem Verkünderblick ... wenn nicht die zwei, drei Jährchen ...«

Das ist zuviel. Wir erstarren. Cyril ist weiß geworden, er sucht nicht einmal nach Worten; er hat dem nichts entgegenzusetzen. All dies ist unerträglich. Wie kommen wir dazu, mit einem Fluch wie Anatol zu leben? Wir haben es nicht verdient.

Es ist jetzt so finster bei uns, daß man auf kein Licht mehr zu hoffen wagt. Nadine tastet im Schrank nach einer Flasche Himbeergeist, die da seit langem stehen muß, wir halten das für keinen Ausweg, aber wir hoffen, daß sie ihn findet, vor allem, daß er hilft. So eine traurige Gesellschaft sind wir, so namenlos verloren.

Die Flasche ist nicht mehr da, wir wollen jetzt nicht untersuchen, wer sie genommen hat, wahrscheinlich hat die Božena sie einem Bedürftigen geschenkt, das sähe ihr ähnlich. Wir sind dankbar für diese kleine Ablenkung, keiner wagt, Anatols Gedanken fortzuführen. Endlich tut es die Dombrowskaja:

»Und weiter«, sagt sie, »nur zu! Jetzt kommt Anatol an die Reihe. Was wäre gewesen, wenn nicht jener Nachmittag gekommen wäre, mit dem Tropfen am Zweig und dem Blick durch die Kaffeehausscheibe ...« Anatol bleibt stehen und betrachtet seine Schuhspitzen; wir alle sehen den Tisch mit der Kaffeetasse und dem Glas Wasser, die Zeitung, aus der langsam das Blut tröpfelt – ein äußerster Zustand, eine Grenze. Wenn da nicht –

»Anatol«, sagt die Dombrowskaja, »mit seiner durchlässigen Haut, mit seinen Antennen, die ihn wie einen Asparaguszweig von Kopf bis Fuß umzittern, mit seiner Neigung, Schuld zu suchen, selbst da, wo keine ist, und sie sich aufzuladen, bis zum Zusammenbruch ... Als ob es nicht genügte, auf Schuld zu warten, die unvermeidlich ist und immer noch schwer genug ...

Anatol, der in jedem Toten sein Opfer sieht und dem aus jeder Zeitung das Blut entgegenquillt ... Was wäre denn gewesen ...«

»Irrenhaus«, sagt Anatol.

Wir atmen auf; er hat es eingesehen. Er wird uns in Ruhe lassen, für eine Weile jedenfalls. Es ist nicht leicht, mit Anatol zu leben.

Anatol. Der Morgen, an dem er erwachte, gefährdet schon durch die bloße Tatsache, daß Morgen war, dieser Morgen hatte besondere Möglichkeiten, er wußte es, während durch sein Hirn noch mildglänzende Worte schwebten, wie »Schnee im April« und »Vin rosé d'Anjou«.

Er lag auf seinem rechten Ohr und lauschte dem Ticken seines Pulses: Klotz aus Holz, da ist der Wurm drin; Holzwurm bohrt und hämmert, aber wo? Er wußte nicht, wo er zu Ende war. Wenn er sich nicht bewegt, wird er nie erfahren, welche Gestalt er hat, wird er auf ewig eine amorphe Masse bleiben, mit ganz wenigen Eigenschaften: dunkel, warm, zufrieden. Und schon sprang aus dieser Lücke in seinem Bewußtsein eine Hoffnung auf: solange er sich nicht bewegte, war alles möglich, jede Form, jede dazugehörige Fähigkeit. Er konnte ein Holzklotz sein, ein Felsen, ein Berg. All das, was, weil schon tot, untötbar ist. Oder, wenn schon ein Lebewesen, dann ein zur Flucht begabtes Tier, Maulwurf, der in der Erde verschwindet, flügelleichtes Federvieh … Im äußersten Falle ein Tier, das sich nicht entziehen muß, weil es nämlich einen Panzer trägt, ein Krokodil etwa, mit einem Rücken, der aus lauter Handtaschen zusammengesetzt ist, über einem Bauch voll unverdauter Kleider …

Dieses zweifellos von Nadine beeinflußte Bild ließ ihn zusammenfahren: damit hatte er sich bewegt, und nun wußte er plötzlich, wo er zu Ende war, er spürte sich wieder, einen Körper, wie ihn Menschen haben, Beine, Arme, einen viel zu schweren Kopf, der seitwärts auf das

Kissen drückte, und vor allem die schmerzhafte Unfähigkeit, aufzufliegen, in der Erde zu verschwinden, sich in einen Panzer zu verkriechen: er trug nur eine seidendünne Haut, die Kleider in seinem Bauch rührten von Mahlzeiten her, an denen er sich nicht beteiligt hatte – andere mochten speisen, er ging daran zugrunde.

In einem letzten Versuch, allen feindlichen Umständen zum Trotz doch noch davonzukommen, rief Anatol sich die ersten Worte dieses Morgens zurück, »Schnee im April« und »Vin rosé d'Anjou«, und eigensinnig fügte er hinzu: »Lämmerwolle«, »Rimini«. Es half ihm nicht, es war schon zu spät. Er gab auf, öffnete die Augen, ließ sein Dunkel vom Licht überschwemmen und begriff.

»Tod«, sagte Anatol, »und heute noch; ich werde sterben.«

So wie er sonst wußte: dies ist ein neuer Tag, so wußte er nun: dies ist mein letzter.

Er war weder traurig noch erschrocken, alles, was er empfand, war ein mildes Staunen: sieh da, die Zeit ist um, dazu ein flüchtiges Befremden, daß es so einfach war: wo blieb sein Selbsterhaltungstrieb? Ein wenig beschämt nahm er sein Einverständnis als Zeichen einer mangelnden Vitalität.

Aufmerksamer als sonst machte er Toilette, heiße Dusche, kalte Dusche, er wischte den beschlagenen Spiegel klar, ein wenig tat es ihm jetzt um den Körper leid, den er nie so recht beachtet hatte: er schien ihm leistungsfähig und auch wohlgeraten, eine günstige Inkarnation alles in allem, und schließlich wußte man nie, ob man sich ein nächstes Mal mit gleichem Glück materialisieren würde: Schade drum. Andererseits hätte es ihm auch leid getan, ein Stück Brot in den Abfall zu werfen, er war so erzogen. Wie sagte doch die Großmama am Sarge ihres Mannes? Es ist eine Schande, einen Mann mit so guten Zähnen begraben zu müssen ... Allerdings war sie eine heftige Frau, die gerne übertrieb.

Im übrigen beklagte er sich nicht; er war, wie er sich nun eingestand, der ständigen Wiederholung seit langem überdrüssig, der notwendigen Instandhaltung; Säubern, Fütterung und Schlaf, sogar das Atmen, er mochte die Reihenfolge wechseln und die Seife, nur aussetzen durfte er nicht. Keine zwei Minuten Freiheit waren ihm vergönnt. Er fand, daß es genügte.

Vor dem Spiegel zog er sich den Scheitel, und einen Augenblick lang schwankte er, ob er ihn auch zu Ende ziehen sollte: Lohnte es noch? Man würde ihn doch noch einmal kämmen müssen. Dann siegte die Disziplin, hinter der er die lange Gewohnheit vermutete, und er zog einen Scheitel, der schmaler und gerader war als alle, die er bis dahin gezogen hatte, vielleicht, weil es sein letzter werden sollte.

Das Frühstück schmeckte ihm wie immer; Ängste von früher, an die er sich erinnerte, erschienen ihm überflüssig, ja kindisch. Die Todesfurcht war nur für Pessimisten: Die Chancen standen eins zu eins. Die schlimmste Gefahr von allen, die Todesgefahr, fiel weg. Angst, sagte sich Anatol, während er sein letztes Frühstücksei köpfte, lebt von der Distanz, zieh sie an dich und sie verliert die Macht. Ein Wurfspeer, sagte er sich, nachdem er kauend überlegt hatte, der im Nahkampf unbrauchbar wird ... Ein Echo ohne Raum ... Die Bilder gefielen ihm nicht; es mußte eine Metapher geben, die genau dem Sachverhalt entsprach; resigniert gab er zu, daß er kaum noch Zeit haben würde, sie zu finden.

Sieglinde kam ins Zimmer und fragte, ob er noch Semmeln wünsche. Er betrachtete ihr eifriges Gesicht, ihre bläulichen Hände; sie war wie immer, sie hatte nichts gemerkt. Sicher würde sie weinen, wenn sie es erfuhr; Sieglinde weinte oft und gern.

Bilanz und Abschied, mehr blieb ihm nicht zu tun. Was hatte er erreicht und was verloren? Auf magische Weise schien sich alles auszugleichen: Scheuklappen verloren – Sicht gewonnen; Vertrauen eingebüßt – Sicherheit erreicht, und so weiter, die Summe blieb konstant, es ging nur noch um Kleinigkeiten, Glück zum Beispiel. Wann war er glücklich gewesen, wo und mit wem? Auch ohne wen. Er durchkämmte seine Erinnerungen, subtrahierte die unglücklichen Zeiten, sortierte das übrige nach Neutralität und Feuer, fand: So ließ es sich nicht finden. Vielleicht war dieser Augenblick das Glück: Schrecken hinter ihm, Schrecken vor ihm, die Gegenwart mitten im Honig: was für ein Honig muß das sein.

Die Abschiedsbriefe schenkte er sich, ihm fielen weder Worte dazu ein noch Adressaten. Wozu sich verabschieden? Ihm schien jetzt, als habe er seit seiner Geburt nichts anderes getan.

Er nahm seinen Hut und verließ das Haus; dieser Vormittag verletzte ihn nicht, im Gegenteil, in den lockeren Zügen der Fußgänger zu beiden Seiten des Platzes entdeckte er plötzlich choreographische Linien, die sich auf zwei Frauen mit Einkaufstaschen bezogen, die in der Mitte unter den Bäumen spazierten; das Vormittags-Ballett. Anatol fragte sich, wie viele Male er die Aufführung schon verpaßt haben mochte. Vielleicht auch war die ganze Stadt voll solcher Figuren? Anatol ging schneller; die Zeit war knapp, das wußte er, und er wollte noch viel sehen; es lag ihm plötzlich daran, einen möglichst sinnvollen Eindruck aus dieser Welt mit in die andere zu nehmen.

Fast kam es ihm zu einfach vor: das Leben erschien ihm jetzt unendlich mühsam im Vergleich zu diesem unbeschwerten Weggang. Ein Schritt beiseite, mehr war es nicht. Die Kräfte, die auf ihn gezielt hatten, solange er denken konnte, die abzuwehren den größten Teil seiner Energie verbraucht hatte, diese Kräfte stießen jetzt ins Leere. Vergeblich versuchte er, sich an Probleme zu erinnern, die ihn noch tags zuvor belastet hatten; sie waren schon gelöst. Die Frage seiner Möglichkeiten zum Beispiel war keine Frage mehr. Er war zufrieden.

Sein Gang war ungleichmäßig, fast ein wenig hinkend, bei jedem Schritt stieß er sich ab, als ob er fliegen wollte, doch dazu reichte es niemals aus, er gab auf und sank zurück; trotzdem versuchte er es beim nächsten Schritt wieder, auch beim übernächsten. Er war wohl immer so gegangen, doch erst an diesem Vormittag wurde es ihm bewußt; er hatte eine Rolle im Ballett, er wußte nur nicht, welche.

Einige Schritte weiter fiel ihm ein Gemüseladen auf, der in den Kästen vor seinem Schaufenster keine Ware ausstellte, sondern eine Schiefertafel, auf der mit Kreide geschrieben stand »Salat wegen Kälte im Laden«. Zunächst glaubte Anatol die Schrift zu erkennen, dann sah er, daß es gewöhnliche Blockbuchstaben waren und daß es etwas anderes sein mußte. Er blieb stehen und überlegte; die Tafel erinnerte ihn an einen Grabstein; er kniff die Augen zusammen, bis die Schrift verschwamm, und stellte sich seinen eigenen Namen darauf vor: Anatol wegen Tod im Jenseits. »Jenseits« gefiel ihm nicht, also versuchte er verschiedene andere Wörter »... wegen Tod abwesend« und »... wegen Tod woanders«. Schließlich ging er in den Laden, um sicher zu sein, daß die Ankündigung auf der Schiefertafel kein leeres Versprechen war. Der Anblick des über dem Ladentisch aufgehäuften Salats erfüllte ihn mit einer Dankbarkeit, die er selbst für nicht mehr angemessen hielt. Er kaufte drei Köpfe zu je sechzig Pfennigen und ließ sich von der Gemüsefrau ihre »festen und zarten Herzen« zeigen.

Als er auf die Straße trat, sah er, daß an der Ecke ein Unfall passiert war. Ohne Neugier und ohne sich zu beeilen, ging er näher; ein Rettungswagen verließ heulend und mit rasendem Blaulicht den Platz. Die Menschen drängten sich um eine Straßenbahn, die auf freier Strecke hielt. Als Anatol ihnen nahekam, spürte er den Sog und ließ sich bereitwillig schlucken. Eine Aktentasche stieß ihn in die Seite, die Hutkrempe einer Dame berührte sein Ohr, dann verlor er sich und war für eine unmeßbare Weile nichts weiter als ein Stück Masse in einem freien Raum.

Noch während die Menge ihn wieder ausatmete, spürte Anatol, daß der Tag gefahrlos geworden war. Man hatte ihn verschmäht und einen anderen genommen. Er dachte an den Unfallwagen und das blaue Licht: der andere war nicht froh, sondern ein Opfer. Anatol hatte seinen Tod verursacht.

Der Schock benahm ihm sekundenlang den Atem; währenddessen fühlte er, wie Arme und Beine ihm abstarben: noch einen Augenblick, und der Zustand dieses Morgens würde sich wieder einstellen, dieser schon nicht mehr begehrte Zustand, der ihm vom Holzklotz bis zum eigenen Tod jede Möglichkeit versprochen hatte, nur eben diese eine nicht, die schlimmste von allen.

Verwirrt und ratlos eilte er nach Hause, ein Mensch, dem ein Unglück widerfahren ist, das er noch nicht wahrhaben will: war es nicht vor einer halben Stunde noch unvorstellbar gewesen, daß etwas Derartiges geschehen konnte? Und was machte schon eine halbe Stunde aus – dreißig Minuten zurück, und das Leben war wieder, was es gewesen war, ein schuldloses Leben, obwohl ein bedrohtes, der Zahn, den man nicht spürte, bevor der Schmerz begann …

Beschämt sah er sich aufs neue dem Alltag ausgeliefert: die Schiefertafel vor dem Gemüsegeschäft hatte nur den

Sinn, Kunden auf eine bestimmte Ware hinzuweisen; die Fußgänger auf dem Platz dachten nicht daran, sich einer höheren Choreographie zu fügen, sie gehorchten den niederen Gesetzen des Vormittags, einer auf Nahrungsbeschaffung und -zubereitung gerichteten Tageszeit ...

Ein vor ihm gehender Mann wandte sich plötzlich um, als habe Anatols Blick ihm einen Stoß zwischen die Schulterblätter versetzt, blieb einen Moment wie schwankend stehen und ging dann mit großen und schnellen Schritten davon. Anatol wandte sich gleichfalls um und entdeckte zu seiner Beruhigung das Zifferblatt einer Normaluhr hinter sich: der Mann hatte nach der Zeit gesehen und bemerkt, daß es später war, als er gedacht hatte. Doch dieser Trost wurde ihm sofort wieder entrissen: aus einem Hauseingang löste sich eine junge Frau, sah blitzschnell in Anatols Richtung und hastete davon. Gleichzeitig bemerkte er die anderen Fliehenden, einen Jungen in einem Kapuzenmantel, der an der Hand seiner Mutter zerrte, eine alte Frau, die sich den Hut auf dem Kopf festhielt und trippelte ... Es wurden immer mehr. Anatol sah nichts als Rücken und fliehende Füße, alles stürzte vor ihm davon, unwillentlich trieb er eine Herde vor sich her.

Er folgte ihnen, weil er es unmöglich fand, stehenzubleiben oder einen anderen Weg einzuschlagen; er ging an seiner eigenen Haustür vorbei. Einen Versuch, die anderen zu überholen und sie auf diese Weise von der Sinnlosigkeit ihrer Flucht zu überzeugen, gab er bald wieder auf; es waren zu viele, und selbst wenn es ihm gelungen wäre, sie allesamt einzuholen und von seiner guten Absicht zu überzeugen, so hätte er doch nichts geändert: wer kümmert sich um die Absichten einer schwarzen Katze, die an einem Freitag von links nach rechts die Straße überquert? Er war ein böses Omen; er brachte den Tod.

Die Verfolgung fand ihr unvermutetes Ende vor einem

Kino, in dessen Eingang ein überwältigendes Plakat »Rettung in der Nacht« verhieß, »Werbevorführung. Fünfzig Fotoapparate zu gewinnen«. Anatol sah seine Herde im Dunkel verschwinden, auf der Suche nach einer Rettung, die er für einen billigen Bluff hielt, da sie offensichtlich mit Geschäft verbunden war. Er winkte ab, als der Türsteher ihn zum Eintreten aufforderte, und ging rasch und mit gesenktem Blick davon.

Anatol auf dem Rückweg: die Stadt ist ganz neu. Sehr viele Menschen, breite Straßen, und da, wo er wohnte, ein Platz wie eine Kulisse, perspektivisch angelegt, riesig, quaderhaft … Dazwischen, eingesprenkelt, Natur. Da stand ein Baum, nicht wahr? Anatol trat an ihn heran, er befühlte seine Rinde, trat einen Schritt zurück, betrachtete die Krone, schwieg: sie hatten sich nichts zu sagen.

Er beschloß, essen zu gehen. An seinem gewohnten Tisch in einer Vorortschenke nahe dem Bahndamm versuchte er, sich zu orientieren, die Eindrücke zu entwirren, die in seinem Bewußtsein einen Knäuel bildeten. Die Frage der Serviererin ließ ihn zusammenfahren; jedes Wort war ein Stich, jeder Stich schien ins Zentrum zu treffen, da jeder Punkt im Chaos das Zentrum sein konnte. Wer ihn jetzt treffen wollte, an seinem gewohnten Tisch in seiner Vorortkneipe, der traf ihn. Er wollte sich entziehen.

Sein Essen: immer wieder vergaß er, es ihr zu sagen, so kam sie immer wieder mit dem rohen Steak, er sah es schon, wenn sie es auf den Tisch stellte, es war zu hell, dafür, daß es so dick war, es konnte unmöglich durch sein. Er drückte mit der Gabel darauf, es federte, er schnitt es, das Blut lief heraus, der Teller wurde rot, der Reis wurde rot. Anatol legte das Geld auf den Tisch und ging.

Er machte einen Umweg: an den Schienen entlang, auf einem nur fußbreiten Weg, einem Vorortzug entgegen, den er kommen sah. Er liebte diese Strecke zwischen

Unkraut und Metall, die Stadt im Rücken und neben sich niedrig gespannte Drähte, die Schwachstrom führten. In den Gliedern fühlte er eine Müdigkeit, die keine Leiden zuließ: auf seinem Weg dem Vorortzug entgegen wußte Anatol, daß es leicht war, zu sterben, und deshalb auch leicht, zu leben. Er ging ein wenig schräg, ein Schultergewicht mehr dem Sterben zugeneigt als dem Leben, doch eine Schulter wiegt nicht viel: der Zug kam, und er ließ ihn vorbei, demütig und voll Zuversicht, daß er am nächsten Mittag wiederkommen würde.

Der Platz, den er auf seinem Heimweg überquerte, war diesmal ein weißer, nach oben geöffneter Würfel, in den die Kirchturmglocke einen Schlag fallen ließ. Zwölf, dachte Anatol und machte sich bereit, weiterzuzählen. Doch der Glockenschlag blieb allein, er fiel mitten auf den Platz, wurde von einem durchbrausenden Motorrad hochgerissen und in die nächste Straße gezerrt, wo er in einer Auspuffwolke verschwand. Eine gemischte Stille blieb zurück. Anatol seufzte: wenn man auf Zwölf eingestellt ist, dann ist Eins sehr wenig. Er hätte es barmherziger gefunden, wenn die Zeit von ihrem Mittagsgipfel wieder stufenweise herabgesunken wäre, elf Schläge, zehn, dann neun ... bis sechs, und dann wieder in der ursprünglichen Richtung, sieben, acht ... Dann brauchte es statt zwölf nur sechs Stunden zu geben, eine bis sechs und wieder zurück, bis eins. Jeder Tag bestünde aus zwei Tagen, das Leben wäre plötzlich doppelt so lang, es würde nie wieder Mitternacht schlagen, die Geisterstunde fiele aus, die Armee der Gespenster läge ständig in Bereitschaft, auf den zwölften Schlag, ihr Stichwort, lauernd – vergeblich.

Als er Sieglinde den Salat abgeliefert hatte und wieder in seinem Zimmer war, fühlte er sich so elend, daß er sich auszog und ins Bett legte. Sowie er die Augen schloß, verwandelte sich der Raum in ein rundes Turmgemach, an dessen Wänden entlang er vergeblich nach Türen tastete, die es bei seinem Eintritt noch gegeben hatte. Um diesem Gefängnis zu entgehen, hielt er den Blick krampfhaft zur Decke gerichtet, wo bald darauf ein Punkt erschien, der blaue und rote Kreise zog. Er selbst als Todesbringer. Der Tag beginnt mit einer Ahnung, und siehe da – ein anderer stirbt! Sein letzter Tag ist nie sein letzter Tag: er gibt ihn weiter. Der Selbstmörder auf der Brücke, der sich im letzten Moment anders entscheidet, dem Fluß ein Schnippchen schlägt, seine ihm schon versprochene Existenz zurücknimmt, dafür aber – aus einer Art Anstand, gewiß, obwohl das nicht so leicht zu sehen ist – einem zufällig daneben Stehenden einen Stoß versetzt: Tribut an die Wellen, ein Mann hält sein Versprechen, nun kann er unbehelligt weitergehen, die Wirbel haben aufgehört, nach ihm zu schnappen …

Das stimmte nicht; er hatte keinem einen Stoß versetzt, der andere war ausgerutscht; er selbst war nur dabeigestanden und hatte sich gewundert, warum er plötzlich keine Lust zum Sterben hatte. Das stimmte auch nicht. Man rutscht nicht aus, nicht so.

Anatol schloß versuchsweise die Augen, öffnete sie aber wieder, als er merkte, daß sein Turm noch immer keine Türen hatte. Er war nun ernsthaft besorgt. Was sollte er tun, wenn es wiederkam? Nicht aufstehen, sagte er sich, der Menschheit seine fatale Gegenwart ersparen … Und wenn das nicht half? Das Telefon neben seinem Bett: es klingelt, und noch während er den Hörer abnimmt, spürt er, wie sein Tod ihn verläßt, er braucht nur noch den Namen des anderen abzuwarten, von dessen Ableben ihm da berichtet wird, ganz überraschend, wie er hört …

Oder Sieglinde an der Tür: »Da ist ein Fräulein, kann ich sie reinlassen?« Das Fräulein ist eine alte Kollegin, sie kommt nur gerade hier vorbei und glaubt, daß es ihn interessieren wird zu erfahren, daß soeben, ganz unverhofft ... Er merkt, wie aufgekratzt sie ist, sie zeigt die verdächtige Munterkeit der Noch-Lebenden, die gerade begriffen haben, daß sie noch am Leben sind.

»Einfach weg«, sagt sie, »können Sie sich das vorstellen? Heute morgen tot im Bett.« Und sie fragt ihn, ob er krank sei, weil er um diese Zeit noch liegt ...

»Ich war krank«, sagt Anatol und schämt sich der einfachen Wahrheit: »aber jetzt geht es mir schon viel besser.«

Ein andermal ist es der Telegrafenbote. Die Türklingel läuft an Anatols Rückgrat herab bis zum Steißbein und klingelt dort selbständig weiter. Gleichzeitig stellt seine Kopfhaut die Haarwurzeln auf. Dabei handelt es sich nur um einen Neunzigjährigen, einen Uronkel, der seine eigenen Nachkommen überlebt hat und aus diesem Grunde Anatol seine Habe hinterläßt. Anatol weigert sich, von seiner unseligen Eigenschaft auch noch zu profitieren und schlägt die Erbschaft aus, eine Entscheidung, zu der ihn sein Anwalt nur beglückwünscht: »Da haben sie völlig recht. Es hätte Sie mehr Steuern gekostet als die Sache wert ist ...«

Anatol wird diesen Zustand nicht länger ertragen; er ist nur noch ein Gehetzter, ein Mensch, der kaum noch wagt, am Morgen die Augen zu öffnen: schon wieder ein Todestag? Oder endlich keiner? Der Tod, dem er so zutraulich entgegengegangen ist, besiegt ihn nun auf indirekte Weise, indem er ihn zum Henker macht. Anatol wird allergisch gegen alles, was mit Sterben zu tun hat, er meidet Friedhöfe und sogar Blumenläden, verschenkt seinen schwarzen Anzug und verkehrt nicht mit Hinterbliebenen, was ihn zur vollkommenen Einsamkeit verdammt, als er begreifen muß, daß die gesamte Menschheit aus Hinterbliebenen besteht.

Ein Versuch, sich heimlich davonzumachen, mißlingt:

kaum hat er die Plattform des Hochhauses erreicht, da sieht er auch schon den Tumult, hört Geschrei – ein anderer ist ihm zuvorgekommen. Anatol macht auf den Hakken kehrt und drückt den Knopf vom Lift, der unter seiner Fingerspitze jäh erglüht, kreisrund und rot wie die aufgehende Sonne, über einem schwarzen Pfeil, der abwärts weist.

Der Polizeibeamte, dem er sich schließlich stellt, an einem staubigen Vormittag, in einem Revierbüro zwischen Papierkorb, Spucknapf, Kleiderständer, lacht ihn aus. Er lacht so laut als seine Uniform und so lange als sein Atem es ihm gestatten; dann wird er dienstlich und mißtrauisch, hält Anatol mit den Augenwinkeln fest und blättert dabei in der Fahndungsliste; er überzeugt sich, daß Anatol für keinen der noch unaufgeklärten Morde in Frage kommt, lacht abermals, doch gedämpfter, und verweist ihn an die psychiatrische Klinik.

Hier wird nicht gelacht; der Psychiater staunt nicht einmal, die Tricks des menschlichen Apparates haben längst aufgehört, ihn zu faszinieren, er wirft sein Wissen und seine Rezepte in ein Faß ohne Boden, es ist nicht seine Schuld, das ist sein Alibi. Anatol lernt Wörter wie Hypermnäsie und sieht das Weltgefüge wanken: die Menschen nämlich sterben nicht, weil Anatol am Morgen den Tod gefühlt hat, sondern Anatol hat am Morgen den Tod gefühlt, weil kurz darauf einer sterben wird. »Das Leben ist keine Einbahnstraße«, sagt der Psychiater, »nicht wahr?«

Anatol ist geheilt, von seinen Ahnungen sowohl als auch von seinem Glauben an die Ordnung der Dinge; er weiß, daß alles möglich ist, Kausalität aus jeder Richtung, schutzlos steht er da. Es gibt keinen sicheren Ort in der Zeit.

Die Morgen dagegen sind harmlos geworden, kein Tag erscheint ihm als der letzte, und auch der letzte wird ihm nicht so scheinen. Und wenn ihm sterbenselend ist, dann nur nach Erdbeerbowle: die trinkt er für sein Leben gern, doch er verträgt sie nicht.

Vladimir enttäuscht uns; das große Thema ist an ihm, bis auf einen winzigen Einfall, vorbeigegangen, er hat, sagt Cyril, aus einem Elefanten eine Mücke gemacht.

»Was ihr nur immer wollt«, sagt die Dombrowskaja, »wie soll denn einer den Tod für wichtig halten, wenn er schon das Leben nicht ernst nimmt?«

Vladimir zeigt ein Theater, man sieht Premierenpublikum, geschmückte Damen, lächelnde Herren, und in der ersten Reihe die Herrschaften von der Presse. Nun hebt sich der von altertümlichen Portieren umrahmte Vorhang, das Publikum klatscht. Auf der Bühne sieht man ein Pult, einen Flügel, Stühle, die zunächst leer sind, dann aber von Menschen besetzt werden, die rechts und links aus den Kulissen kommen.

Die Kulissen versuchen gar nicht, den Anschein von Echtheit zu erwecken, ein Schrank, der sich öffnet, zeigt Wände aus Papier, der Zellophanlüster schwankt im Wind, der Blechflügel neben dem Pult tönt hohl bei jeder Berührung. Ein Pappendeckelbaum neben der Tür ist offenbar vergessen worden, er zeigt sein Profil dem Publikum, es ist nur millimeterdick.

Die Schauspieler kümmern sich nicht darum, wahrscheinlich sind es nur Statisten, sie haben nichts anderes im Sinn als rasch nach vorn zu kommen, einen Platz zu ergattern, sich niederzulassen. Die vorderen Reihen sind im Nu besetzt, doch einige Starrköpfige drängen sich immer noch dazwischen, manche schleppen ihre Stühle herbei und umzingeln das Pult und den Flügel. All dies dauert lange, zu lange: die Premierengäste werden unruhig, aus den Rängen sind einzelne Pfiffe zu hören, im Hintergrund ruft einer: »Na wird's bald?«

Endlich haben alle Platz genommen, auch die in den hinteren Reihen haben sich abgefunden, sie scharren noch ein wenig mit ihren Stühlen, während die mit den besseren Plätzen die Beine übereinanderschlagen und die Hände verschlingen; alle starren erwartungsvoll nach vorn. Von der schlampig eingezogenen Kulissendecke löst sich ein Blättchen Kalk und fällt auf den Flügel, ob aus Zufall oder laut Regieanweisung, bleibt ungewiß. Es erzeugt einen dünnen, irgendwie erbärmlichen Ton, entsprechend dem Material, Kalk und Blech.

In diesem Augenblick senkt sich der Vorhang. Das Publikum schweigt betroffen, keiner empört sich. Ein Blonder in der ersten Reihe, wahrscheinlich ein Kritiker, steht auf und sagt: »Das war's schon.« Hundert andere murmeln: »Das war's schon?« Man geht.

»Das war's schon«, sagt Vladimir und schaltet den Projektor aus. Er hat sich wieder einen Witz geleistet, wir sind ein wenig ärgerlich. Nur Penny ist dumm genug, ihn zu fragen, warum denn der Kalk von der Decke fiel. Vladimir, das wußten wir im voraus, hat keine Ahnung.

»Warum wohl fällt Kalk von der Decke? Vielleicht weil er schlecht verputzt ist oder alt. Da müßtest du schon den Bühnenbildner fragen.« Es ist die Wahrheit, er weiß es wirklich nicht; wir lachen. Daß er nicht lügen kann, versöhnt uns immer wieder.

Nadine kann Anatol nicht ausstehen; sie nennt ihn morbide, degeneriert, lebensunfähig. Sie sagt, daß es eine Zumutung sei, mit einem solchen Wesen in einem Hause zu wohnen, und daß sie es endgültig satt habe. Dabei sieht sie herausfordernd um sich, und sowie einer von uns den Fehler macht, auch nur den Mund zu öffnen, kommt sie ihm schon zuvor: »Jaja, ich weiß. Ich tue ihm unrecht. Er ist ein Engel. Ein Mensch mit Sanftmut und mit Hirn. Zartfühlend, das ist er, eine wahre Mimose. Sein Ohr, gleich dem der Fledermaus, nimmt Töne wahr, die allen anderen verborgen bleiben, er ist ein Trauerweidenblatt im Wind, ein Mobile! Wie zart er ist, wie gefährdet! Übertrifft er nicht alles, was Flora und Fauna an Sensibilität zu bieten haben? Er hat«, sagt sie und ringt erschöpft nach Atem, »jede Voraussetzung, uns zu ruinieren.«

Ihre neue Begegnung hat es noch schlimmer gemacht; sie fühlt sich regelrecht bedroht.

»Wenn *er* nicht wäre, dann wäret ihr nicht so feige!«

»Da ist was dran«, sagt die Dombrowskaja, »wir müssen Rücksicht auf ihn nehmen; er ist nun einmal da.« Nadine fängt an zu schluchzen, und die Stimmung wird sehr ungemütlich. Anatol selber beteiligt sich nicht. Er steht am Fenster; was er sieht: eine Straße, die auf einen Platz mündet, der aber nicht mehr zu sehen ist. Die Häuser sind mit Längsstrichen gezeichnet, schwarze Kanten grau schattiert, die Fenster sind verdickte Striche, die Helligkeit nimmt nach oben hin zu. Sehr viel Stein und wenig Himmel, auf den Dächern Kamine und Antennen, dort klettert ein halber Mond herum, sein Ende ist Anatols Zukunft, der nächste Tag: Lichthof mit blauem Deckel.

Anatol leidet nicht minder unter Nadine: Die Morgen, an denen er so verletzbar erwacht, ungeschützt, ausgeliefert, mit den Gefahren des neuen Tages befaßt und auf Listen sinnend, sie zu überstehen – und an denen er plötzlich Nadine erleben muß: ihre Pantöffelchen hämmern an seine Hirnschale, wann immer sie den Teppich verläßt, dazu wird sein Ohr von ihrer Stimme gemartert, Anatol hört sie synkopiert, wie durch atmosphärische Störungen hindurch, teils Wetterbericht, teils Zwölftonmusik. Nadine ist guter Laune, doch Anatol stöhnt.

Vladimir hat nun doch noch einen Einfall gehabt, er spielt den Marktschreier: »Aber, aber, meine Herrschaften, Sie scheuen sich, näherzutreten, Sie scheuen sich, in mein Zelt zu kommen? Auf Ehre, meine Herrschaften, das wird Ihr eigener Schaden sein! Sie kennen ja den Neuen Tod noch nicht. Sie kennen nur den Knochenmann mit der Hippe, ein Requisit des Mittelalters. Meine Herrschaften, ich versichere Sie: Das Mittelalter ist soeben zu Ende gegangen! Vorbei der Schnitter mit der Sense, der Sie in einem Nachen aufs dunkle Wasser entführt – der Neue Tod kommt anders: mit Hupengeheul und Bremsengequietsche kommt er, und wenn er Sie erlegt hat, dann läßt er Sie in ein Raumschiff steigen, da schweben Sie, sitzen nicht, liegen nicht, sind endgültig die Schwere losgeworden ... Da verlieren Sie Ihr Zeitgefühl, Ihr Raumgefühl, Ihr Angstgefühl ... alle Arten von Gefühl ... Da sind Sie endlich frei, sausen auf genau berechneter Bahn die Lichtjahrstrecken, obwohl es Ihnen weder auf Lichtjahr-Zeiten noch auf Raumstrecken-Räume mehr ankommt, Sie sausen hinaus – und landen! Ob Sie es glauben oder nicht, meine Herrschaften – Sie landen! Wo, fragen Sie? Wo ist nicht wichtig, die Verwandtschaft entscheidet, nur was verwandt ist, zieht Sie an, die Auswahl ist enorm, sehen Sie sich um, sehen Sie hinauf: die Nacht ist voller Landeplätze ... Ein einziger Blick mit offenen Augen, und Sie haben aufgehört, sich an diesen unterentwickelten Stern zu klammern ... Schon in dem winzigen Zipfel Milchstraße, den Sie zu sehen kriegen, die wiederum nur ein winziger Bruchteil der vorhandenen Milchstraßen ist – schon in diesem winzigen Zipfel finden Sie Tausende von besseren Möglichkeiten, was sage ich – aber und aber Tausende (auch die kleinen Zahlen sind ein Übel unseres Planeten ...). Treten Sie ein, meine Herrschaften, und Sie werden augenblicklich das große Einmaleins im kleinen Finger haben ... Denn Sternenhimmel, meine Herrschaften, ist Ihre Vergangenheit und Ihre Zukunft: Sie landen unter neuen Wesen, die Sie sofort akzeptieren, denn kaum sind Sie in den Dunstkreis ihres Sterns geraten, da sind Sie schon einer der ihren und keiner fragt Sie: Woher? Sie haben die Erde ohne Nachteil vergessen und freuen sich bereits an einem besseren Leben ... Man bringt Ihnen Klappern und silberne Löffel und gibt Ihnen einen Namen, oder zwei, oder drei ... Auf Ehre, meine Herrschaften, es wird Sie nicht gereuen ...«

Cyril redet wieder in dieser herausfordernden Art: »Na-und, na-und, na-wenn-schon, na-wie-denn-immer-auch«, die uns auf die Nerven geht; er tut das, um Vladimir aus der Ruhe zu bringen, was ihm aber nie gelingt; das einzige, was Vladimir aus der Ruhe bringen kann, sind Einfälle, »für einen Einfall«, sagt Cyril, »würde er unsere Großmutter verkaufen«, was niemanden überzeugt, da es einzig Cyrils Mißgunst beweist. Aber Cyril läßt nicht locker, es nagt an ihm, und so versucht er es auf andere Weise: »Vladimirs ganzes Geheimnis ist die Distanz«, sagt er, »und die hätte er nicht, wenn er sich jemals mit einem Wesen eingelassen hätte, oder auch nur mit einer Sache. Aber das hat er nicht, nicht einmal mit uns. Wir sind ihm schnuppe. Ob Anatol uns umbringen will, oder Sandra uns dem Dschungel ausliefert – Vladimir bleibt ungerührt, er sitzt dabei und wartet auf einen Einfall.«

Nadine kann nicht anders; durch ihre Beschäftigung mit Kleidern, Schuhen, Haut und Haaren ist sie notgedrungen auf ein Außenleben angewiesen, wenn sie sich nicht mit Schmeicheleien sozusagen im engsten Kreis zufriedengeben will, und das will sie nicht.

Nun, und das überrascht uns nicht, läßt sie sich vor dem Toilettentisch nieder, um ihr Aussehen zu überprüfen (die unausweichliche Folge einer neuen Eroberung) und gleichzeitig fängt sie Streit mit uns an (die Folge einer jeden solchen Überprüfung).

»Diese ewige Selbstbespiegelung«, sagt sie und meint damit nicht sich, sondern unsere Gespräche. »Sie ist mir ein Greuel. Steril, das ist es, einfach steril.« Was sollen wir dazu sagen? Wir lassen sie reden. Gerade hat sie an der linken Schläfe eine winzige, doch offenbar neue Falte entdeckt, ein Umstand, der sie aufs höchste erbittert.

»Wie komme ich zu Stirnfalten?« fragt sie mit Recht, »die sind nicht von mir!« Sie sieht sich anklagend um, doch niemand will die Verantwortung für diese neue Falte übernehmen. »Aber es ist ja auch eine Schande: ein einziges Gesicht für ein ganzes Haus voller Leute! Leute, die rauchen« (das zielt auf Anatol und die Dombrowskaja), »Leute, die denken und nächtelang über Büchern sitzen ...« (das trifft hauptsächlich Cyril), »die Grimassen schneiden« (das gilt Penny), »und nur mit Mühe aus dem Haus zu bringen sind« (das meint uns alle). »Wie soll man da jung bleiben?« fragt Nadine, »man hat ja keine Chance.«

Cyril muß jetzt widersprechen. Er findet es geradezu grotesk, wie Nadine die Jugend überschätzt. Bei den alten Chinesen, sagt er, galt es als Beleidigung, jemanden für jung anzusehen, denn das bedeutete: unerfahren, unausgeglichen, grün ...

»Wenn ich es mit einem alten Chinesen zu tun bekomme, wird mir das ein Trost sein«, sagt Nadine.

Die Dombrowskaja mischt sich gar nicht erst ein; ihre Meinung ist bekannt: »Wie«, fragt sie, »soll ich vier Fünftel meiner Zeit darauf verwenden, Zeit zu gewinnen, die ich dann zu vier Fünfteln darauf verwenden muß, Zeit zu gewinnen? Ich bin kein Rechner«, sagt sie, »aber mir scheint, es lohnt nicht ... Charme«, sagt sie, »ist viel wichtiger.«

Was wir an Charme besitzen, verdanken wir Kai, vielmehr ihrer Häßlichkeit: keine von uns, nicht einmal Nadine, wird sich je ganz aufs Äußere verlassen, solange wir dieses Geschöpf im Haus haben, das uns im höchsten Maße unattraktiv erscheint: finster, grübelnd, Nägel kauend, und dabei im Chaos seiner Möglichkeiten nach einem Faden suchend ... Wir schätzen diesen Zug, er ist eine ständige Mahnung, uns anzustrengen. Die immanente Häßlichkeit, die uns zufrieden macht. An uns war noch kein Kompliment verschwendet: Wir denken an Kai, staunen und sind dankbar.

Doch Nadine vor dem Spiegel entziffert und verwünscht die Zeichen der Zeit, sie will schön sein für den neuen Mann – »die Dombrowskaja ist schöner als du«, sagt Cyril – sie will jung sein für ihn – »Jugend«, sagt er, »ist kein Vorteil.« Alles ist wahr, doch sie hört einfach nicht.

Nur Penny hält zu Nadine und bestärkt sie sogar in ihrer Eitelkeit: »Du mußt noch viel viel schöner werden, bis du so schön wie meine Dame bist!« Mit ihrer »Dame« meint Penny die von ihr selbst verfertigte Zeichnung einer Person, die über alle Attribute der Schönheit verfügt, so wie Penny sie sieht: Wespentaille, Wimpernwald, ein Mund wie eine Languste ... Keiner weiß, wo sie diese Eindrücke aufgenommen hat, wir wissen nur, daß sie noch mehr von diesen Bildern hat und daß sie uns mit ihnen schamlos tyrannisiert.

Früher war das ihre liebste Masche: wann immer eine neue Person in unserem Hause erschien, kramte Penny aus ihrem Ranzen ein zerknittertes, mit Buntstift beschmiertes Blatt hervor und hielt es dem Neuling unter die Nase. Der konnte nicht umhin, in diesem Gekritzel sein eigenes, obschon skurril verzerrtes Konterfei zu erkennen.

Eine Zeitlang versuchten wir, uns zu wehren.

»Ein grotesker Zustand«, sagte Cyril, »man hat fast den Eindruck, daß sie uns hervorgebracht hat.«

Solche Worte ermunterten Penny nur. Sie zog einen Stoß weiterer Porträts hervor und schwenkte sie wie einen Fächer vor unseren Gesichtern. Eine flüchtige Spiegelung, die uns erröten ließ. Dann schlug sie den Fächer zusammen und klopfte auf ihren Ranzen.

»Da sind noch mehr drin«, sagte sie.

»Und wenn schon.« Wir waren entschlossen, unsere Neugier zu verbergen. Jedes Zugeständnis an Penny kommt einer Niederlage gleich.

Die einzige Ausnahme war die Ankunft Sandras. Ihr Bild war in Pennys Sammlung nicht vorhanden. Wir sahen die Kleine auf dem Boden sitzen und immer heftiger in ihrem Ranzen wühlen. Sie zog jedes Papier einzeln hervor und besah es von beiden Seiten, bevor sie es wieder einsteckte. Dazwischen spähte sie argwöhnisch nach Sandra, als sähe sie in ihr einen Irrtum, der sich jeden Moment aufklären müsse. Sandra beachtete sie nicht einmal.

Doch erst die Dombrowskaja machte dem Bilder-Spuk ein Ende. Sie stand auf der untersten Treppenstufe und rief in die düstere Halle hinein: »Du meine Güte! Weit haben wir's gebracht, nicht wahr?«

Jemand sprang auf und knipste den Deckenstrahler an, in dieser neuen Beleuchtung sahen wir unsere trüben und verweinten Gesichter; Nadine zog den Spiegel hervor und begann hastig, sich die Nase zu pudern, Cyril hüstelte beschämt, und Anatol lächelte. Die Dombrowskaja betrachtete Pennys Malwerk, auf dem sie eine imposante Dame darstellte, mit Hut, Kette, Stulpenhandschuhen und einer überlangen Zigarettenspitze.

»Richtig«, sagte sie, »die Zigarettenspitze! Aber ich werde mir eine besorgen. Im übrigen halte ich mich genau an die Vorschrift, wie du siehst.« Penny triumphierte. Die Dombrowskaja war die erste, die dieses verdorbene Kind als ihren Ursprung anerkannte.

Für Erklärungen blieb keine Zeit; die Dombrowskaja fuhr zu einem Essen im Regina. Auch das gehört zu ihren Obliegenheiten. Aufrecht saß sie im Taxi und musterte die Stadt. In Häusern, Läden, Straßenzügen erkannte sie die kaum kaschierten Produkte kindlicher Phantasien, auf den Denkmälern standen Leute, die sich als Zehnjährige befohlen hatten, auf einem Denkmal zu enden – ein Gedanke, der ihr die Zersplitterung in Pennys Bilderwelt zeigte: ein ablenkbares Kind, das heute von diesem Traum besessen war, morgen von jenem ... In Pennys Zukunft hatte das Denkmal keine Chance.

Die Dombrowskaja amüsierte sich; im Weiterfahren sah sie Errungenschaften, die nichts als die Abdrücke von Errungenschaften waren, von denen eine Gesellschaft grüner Buben und Mädchen vor Jahrzehnten geträumt hatte: Bibliotheken, Museen, die Superstirn der Cleopatra auf einem Kinoplakat, selbst der Sparkassenräuber an der Litfaßsäule – nichts als vollzogene Kinderträume.

Das Essen wurde ein Vergnügen. Sie sah die Tafel hinab: hinter jedem Stuhl stand ein feixendes Schulkind und betrachtete wohlgefällig sein Werk. Alle trugen Sportkleidung, gestreifte Ruderhemden, die vor dreißig Jahren Mode gewesen waren, dazu brave Scheitel, Eselsohren und freche Münder: die Dombrowskaja erkannte in ihnen die Handballmannschaft einer gemischten Volksschulklasse, welche unter dem Transparent »Die Sieger« auf einem Schulhof fotografiert wurde.

Ihr Stolz an dieser Tafel bezog sich auf mehr als einen Handballsieg; sie hatten auch das Rennen gewonnen, bis zu dieser Runde jedenfalls, und sie dachten nicht daran, nachzulassen. Ihre Ziele standen fest, die Kräfte kannten keine Grenzen, ihr Selbstvertrauen schien ungeheuerlich.

Am unteren Tischende sprach ein älterer Herr von den Exportkurven seiner Firma; zwischen Zahlen und Tendenzen funkelten Namen auf: Bombay, San Francisco, Rio de Janeiro ... Sie waren nichts als Stellenwerte in seinem Bericht, doch in dem Gesicht des Jungen hinter seinem Stuhl erschien ein Triumph, der in der gesamten Mannschaft, hauptsächlich bei den Buben, Bewunderung und Neid hervorrief. Auch Penny gab sich minutenlang ihrer ältesten Sehnsucht hin: die Erde schrumpfen zu lassen. Mit jeder besuchten Stadt, jeder erlebten Küste würde sie ein wenig kleiner werden, bis sie sich wie ein Globus drehen, dann in zwei Händen halten, und schließlich, wenn alles bekannt war, in die Tasche stecken ließ. Und dann? Penny wandte sich ab, als der Exportkaufmann die Gabel sinken ließ und in den Taschen seines dunklen Anzugs zwischen Autoschlüssel und Zigarrenabschneider nach der verlorengegangenen Erde suchte.

Der Tischherr der Dombrowskaja sprach von einem Kollegen, der sich in einem Sanatorium aufhielt: »Er hat nicht einfach zu viel gearbeitet, sondern eher zu gut: die Maschine war so gut geölt, daß sie ohne ihn lief. Er hat sich selber überflüssig gemacht. Wie er das gemerkt hat, ist er krank geworden, und dann hat er es natürlich erst recht gemerkt ... Darum wird er auch nicht wieder gesund. Was ihn heilen könnte, wäre eine ordentliche Panne in seinem Laden, damit er sieht, daß er wieder gebraucht wird. Aber sagen Sie das mal dem Prokuristen ...«

Bei dieser Rede hörten die kleinen Jungen zu feixen auf und zogen verächtlich die Mundwinkel herunter; Defaitisten dieser Art ließen sie nicht gelten. Da hatte einer das Ziel erreicht und war, unfähig zu bremsen, darüber hinaus und in den Abgrund geschossen ... Einer der Rangen ging so weit, sich an die Schläfe zu tippen. Glücklicherweise wurde gerade der Nachtisch serviert. In ihrem mit Maraschino gewürzten Obstsalat erkannte die Dombrowskaja das Muster einer Welt, die ihre Sicherheit, im gleichen Maß wie ihre Begrenztheit, den Zielen eines halbwüchsigen Handballteams verdankte.

Vladimir an diesem Abend hatte wirklich sein Vergnügen: zunächst spielte er uns einen kleinen Lauser vor, der, mit einem weiß und rot gestreiften Polohemd bekleidet, bei einem Bankett eine Rede hält. Man sah die bekränzte Tafel, die Smokingbrüste und Chinchillakragen.

»Meine Damen, meine Herren!« (Auch das sonore Organ war geübt, Vladimir hatte, wo immer das nötig schien, die Natur korrigiert.) »Schon im Alter von zehn Jahren beschloß ich, einmal sehr, sehr reich zu werden ... Sie fragen warum? Nein, Sie fragen nicht, aber ich werde Ihnen trotzdem antworten: weil ich die Dinge haben wollte, die man sich damit kaufen kann ...« (Applaus), »Dinge wie Macht, Eleganz, gute Laune ...« (verstärkter Applaus). »... von den übrigen Kleinigkeiten nicht zu reden. Meine Damen, meine Herren, ich darf in aller Bescheidenheit sagen: es ist mir gelungen.« (Hier sind die ersten Hochrufe zu hören.) »Und ich darf weiter sagen: es ist mir nicht geschenkt worden. Sie alle kennen den steinigen

Pfad des Aufstiegs, die verbissen werkelnden Tage, die von Kurstendenzen beschatteten Nächte – keine Anstrengung war mir zu groß, kein Mittel zu klein, und all dies, um einen Entschluß durchzuführen, den ich im zarten Alter von zehn Jahren …« (einige Worte werden vom Applaus verschluckt.) »Und somit, meine Damen, meine Herren, läßt es sich nicht länger verheimlichen: daß ich schon mit zehn Jahren so klug war wie ich heute bin!« (Hochrufe und Applaus, ein Monokel ruft »bravissimo!«, ein fünfzehnkarätiges Brillantenkollier wirft ihm eine Rose zu, er setzt sich.)

Penny lachte am lautesten; sie fühlte sich nicht im geringsten betroffen und sagte rund heraus, daß sie kleine Jungen blöde fände. Doch das Stück hatte eine Fortsetzung, und diesmal war es eindeutig Penny, die in einer weißen Uniform mit hohen Stiefeln in der Manege stand und eine Peitsche hielt. Die zweite Hauptperson, ein Tiger, erinnerte uns im ersten Augenblick an Sandra, gleich darauf aber an alle anderen, die Dombrowskaja, Anatol, Nadine, Cyril, die Božena – am wenigsten an einen Tiger. Dieses Tier trägt sein Fell wie einen zu groß geratenen Pyjama, lose am Hals und mit Ziehharmonikafalten an den Beinen; doch es läuft sehr geschmeidig auf allen vieren.

Penny schleppt nun einen Hocker in die Mitte des Käfigs, knallt mit der Peitsche und ruft: »Allez-hopp!« Der Tiger springt. Penny holt einen zweiten Hocker, stellt ihn auf den ersten, ruft »Allez-hopp!« und knallt mit der Peitsche. Der Tiger springt über dieses Hindernis, wobei er es wegen des lockeren Fells ein wenig mit den Pfoten streift.

»Brav«, sagt Penny. Der Tiger knurrt. Die Kleine holt jetzt einen Reifen, der mit Filz umkleidet und mit Benzin getränkt ist. Sie lächelt zierlich, der Tiger faucht und schlägt mit der Tatze nach ihr, doch ein Peitschenknall läßt ihn sich ducken. Penny sieht ihm in die Augen, der Tiger zieht sich zum Sprung zusammen, Penny ruft »Hopp!« und gleichzeitig geht der Reifen in Flammen auf. Zwischen Angst und Zwang setzt der Tiger durch das Feuer. Penny ruft »Bravo!«, wirft den Reifen fort und verneigt sich rundum gegen die ansteigenden Bänke; die Bänke sind leer, der Dressurakt findet unter Ausschluß der Öffentlichkeit statt. Während sie sich noch verneigt, springt der Tiger seine Peinigerin von hinten an, wirft sie nieder und verschlingt sie. Niemand greift ein.

Später liegt das Tier allein in seinem Käfig, leckt sich die Pfoten und grübelt über die Frage, wer für wen gefährlicher sei, der Dompteur für den Tiger oder der Tiger für den Dompteur. »Man müßte das Wort Gefahr definieren.« Penny hätte es gewußt. »Wenn sie wieder da wäre, könnten wir es klären.« Penny, aus dem Bauch des Tigers, sagt: »Nich' noch mal.«

Nadine zieht den Mantel an. Wir beobachten sie gespannt. Sie nimmt den Bügel von der Garderobe, nimmt den Mantel vom Bügel, hängt den Bügel zurück, schlüpft in den rechten Ärmel, schlüpft in den linken, fährt mit den Händen in die Taschen, um sich ihres Besitzes zu versichern, schiebt die Ärmel hoch, weil ihr das mehr Bewegungsfreiheit gibt, und schlägt dann beide Mantelhälften eng übereinander, zum Schutz: vor ihm oder vor uns, das ist schwer zu sagen.

Sie ist zum Ausgehen bereit. Um keinen Zweifel an der Endgültigkeit ihres Entschlusses aufkommen zu lassen, setzt sie sich wie ein Besucher auf die Kante eines Sessels, stellt die Tasche neben sich und spielt mit den Handschuhen, die sie abwechselnd auseinanderzieht und gegen ihr

Knie schlägt; wir sehen daraus, daß sie uns immer noch fürchtet.

Dabei versuchen wir gar nicht mehr, sie zurückzuhalten. Wir haben unser möglichstes getan. Wir haben vor ihr ausgebreitet, was wir an Wissenswertem zu bieten hatten, sie hat sich nicht warnen lassen.

»Das hätte mich auch gewundert«, sagt die Dombrowskaja und überblickt ihre Patiencen, »es ist eine unserer ältesten Erfahrungen, daß man aus Erfahrung nichts lernt, eine Erfahrung, die wir immer wieder bestätigen, indem wir nichts daraus lernen.«

»Sprüche«, sagt Cyril; »hübsch, doch wem soll das helfen? Für meine Arbeit kann ich sie nicht brauchen.« Augenblicklich läßt er sich wieder von seinen beruflichen Sorgen überwältigen: »Hilf Himmel, was für ein Bericht wird das! Wenn ich nur an Stranitzky denke ... Ich sehe sein Gesicht beim Lesen: als ob er auf einen hohlen Zahn gebissen hätte, direkt auf den Nerv; so schmerzt es ihn.«

»Denke daran«, sagt Vladimir, »daß der mit dem hohlen Zahn nur einer von den vielen Stranitzkys ist, und nicht einmal der Klügste ...«

»Ich denke daran«, sagt Cyril, »aber was nutzt mir das, wenn Stranitzky nicht auch daran denkt ...«

»Hört auf«, sagt die Dombrowskaja, »ich kann den Namen nicht mehr hören.« Und so verlassen wir Stranitzky, vorübergehend nur, doch immerhin.

Nadine, von ihrer Stuhlkante aus, kann den größten Teil der Straße überblicken. Es ist dieselbe Straße, die sie am Nachmittag so leichtfüßig heruntergekommen ist, nur daß sie jetzt künstlich beleuchtet wird, Neonlicht auf Quecksilberpfützen. Nadine hält dies für den einzigen Unterschied. Sie sammelt sich, das heißt, sie sammelt uns, das heißt, wir sehen jetzt alle zum Fenster hinaus, selbst

Anatol, selbst Kai. Nur Penny sitzt auf dem Teppich und kramt in ihrem Ranzen.

»Gib dir keine Mühe«, sagt die Dombrowskaja, »die Neue, die jetzt kommt, stammt nicht aus deiner Sammlung.«

Die Neue? Das Wort wirkt wie ein Schlag. So vertraut sie uns als Möglichkeit ist – ihr tatsächliches Auftreten, das unmittelbar bevorzustehen scheint, macht uns angst. Wie wird sie sein? Was wird sie unternehmen? Wird sie uns an den neuen Mann verkaufen? Wir sehen uns nach Anatol um: wenn irgendwo ein Grund zum Fürchten ist, dann zeigt er uns am schnellsten die Gefahr. Doch Anatol bleibt so gelassen, daß es ihn selber erstaunt.

»Komisch«, sagt er, »ich habe keine Angst; ich kann mir nicht helfen, aber ich freu' mich beinahe.«

»Beängstigend«, sagt Cyril, und Vladimir, der keinem Einfall widersteht, ruft Anatol als Weisen aus: »Seine Hoffnungen haben sich nicht erfüllt, das gibt ihm die Hoffnung, daß auch seine Befürchtungen sich nicht erfüllen werden ... Das ist die wahre Lebenskunst! Nehmt euch ein Beispiel, Kinder!« Sein Übermut steckt an; schon droht die historische Stunde in Ausgelassenheit unterzugehen, als wir Nadines Ausruf hören.

Wir kennen diesen Laut, es ist die Begrüßung des Wunderbaren, das immer auch das Gefährliche ist. Der neue Mann ist aufgetaucht, undeutlich für die meisten von uns, nichts als ein Neonschatten. Da steckt noch vieles drin, da ist noch manches möglich.

»Ich wünschte nur –«, beginnt die Božena.

»Ich auch«, sagt Sandra, »aber ganz was anderes.«

»Still hier«, sagt die Dombrowskaja. In diesem Moment steht Nadine auf, zieht den Mantel aus und trägt ihn in die Diele. Als sie zurückkommt, sehen wir, daß sie eine Überraschung für uns hat.

»Hach«, sagt sie, »wenn ihr wüßtet!«

»Wenn du die Neue meinst«, sagt Cyril und deutet mit dem Kopf nach der Diele, »so kannst du dir die Übertreibungen sparen. Schließlich ist sie auch nur eine von uns, und die Voraussetzungen«, dabei weist er grinsend in die Runde, »sind zu gut bekannt.«

»Und trotzdem«, sagt Nadine.

Wir hören jetzt Schritte draußen und einen leisen Husten.

»Kaum aufgetaucht und schon verkühlt«, sagt Vladimir.

»Denk dir lieber einen Namen für sie aus«, sagt Cyril, und Penny, die uns über das Versagen ihres Bildervorrats hinwegtäuschen möchte, schreit: »Ich weiß schon einen!«

»Das mit dem Namen hat ja keine Eile«, sagt die Dombrowskaja; »wichtig ist jetzt nur, daß sie uns die nächsten Schritte abnimmt.« Die nächsten Schritte: das sind die Schritte mit dem neuen Mann.

»Sie tut es sicher gerne«, sagt Nadine.

Wir zweifeln nicht daran. In zwei bis drei Minuten also wird sie, leichtfüßig in Nadines Mantel und Südwester, die Haustür mit der Posthornklinke öffnen und zu dem Fremden auf die Straße treten, ein wenig hustend zwar, doch unbeirrt. Es braucht nur noch zu klingeln.